文学の胎盤

Literary Placentas

中西進がさぐる
名作小説42の原風景

中西 進

ウェッジ

目次

第三章　川の流れ模様

第四章　野に展開する陰影

第五章　海の輝きと波濤

第六章　町という迷宮

はじめに

以前福島県の安達《あだち》が原に行ったことがある。安達太良《あだたら》山の東にはたしかに荒涼とした原野が広がっていて、鬼女が棲んだという伝説もなるほどと思われた。伝説にいう黒塚も実在する。能の「安達が原」は別に「黒塚」と称せられ、この原野から能の鬼気迫るせりふがよみがえってくるのにも、時間はかからない。鬼女の伝説は早ばやと十一世紀の書物に出てくる、もう千年をこえて伝えられてきた伝説である。

ではなぜこんな荒野が存在するのか。荒野を貫流する川の岸には、過去の水位が刻まれていて、わたしたちの身の丈をこえる水位もある。

人間、このような水位の激変に対しては定住することができないから、だれも寄りつかない。千年来の被害にあった人の遺骸もおびただしく埋没させながら、この荒野が存在してきたのだろう。

この真実をいうには、鬼女の荒野だ、というしかない。

ところで、わたしはこの荒野を後にして、高村光太郎の詩集『智恵子抄』のモデル長沼智恵子の生家をおとずれた。富裕な生家には夏でも冷ややかな空気がたまっていて、生家の豊かさと安定を感じさせたが、さて智恵子は東京に出て光太郎と結婚し、精神の異常に苦しんだ。

その苦しみを象徴的にいえば「阿多多羅《あだたら》山の山の上に／毎日出てゐる青い空が／智恵子のほんとの空だといふ」（「あどけない話」）ことになる。

反対に「東京に空が無いといふ」のが智恵子である。

「樹下の二人」の至福な光景は、阿多多羅山や光る阿武隈川に枠組みされたものであった。要するに智恵子における安らかな風景の枠組みは、あの安達が原の鬼女のそれとほとんど変らない。こうなれば、都の人間が鬼女だといい、精神の異常者だという、この風土の女にとっては、こちらこそがほんとの空で、逆に東京に、鬼男や鬼女がうじゃうじゃいるのにすぎないのである。

こうして『智恵子抄』からこそ安達が原の正確な地誌が送られてくる。先に十一世紀といったのは『拾遺集』という和歌集だが、それが思い込みのように鬼女伝説を伝えてみても、それは黒塚の観光ガイドになりこそすれ、何の大地の有様も伝えていないのだろう。

そう思うと話は広がる。この日本列島には山奥の谷間にしろ、鬱蒼たる森林におおわれた山岳地帯にしろ、都会から秘境とよばれる一帯には、常凡の文化の中にいる読者を突き動かすようなスポットが、あちこちにあるという想像を許す。

たとえば泉鏡花の名作『高野聖《こうやひじり》』。これも中央日本が抱える山岳地帯の秘奥に、男を動物にかえてしまう魔女がいるという寓話である。やがて本文でも語るが、わたしはかってこの小説が描く秘境をもとめて、飛騨の山奥に入っていったことがある。

行ってみてもどうということもないし、土台、小説の舞台だから、どこだというものでもない。しかも魔女を垣間見られるのは聖職の高野聖でしかない。作者は、世俗に身をおとしたとはいえ「聖」という覗きからくりも設定しているのだから、俗人が魔女に逢えるはずはないのに、行ってみた。

まさに「あどけない話」である。

しかし、日本各地の山峡《やまかい》に山姥を幻想する文学伝統は久しい。それにからめて落人伝説があり、山の住民という影のような人びとを空想することも、日本文学は伝統としてきた。

じつはこうした幻視こそが文学の本領とするところで、そのことに熱心に耳を傾けさせようと、前人たちは謀《はか》ってきたのではないか。

ただ、こうした地誌と文学の関係の中には、危うい緊張関係があって、川端康成の『雪国』にしても、冒頭の「国境の長いトンネルを抜けると雪国であった」の次に「夜の底が白くなった」

という一節をもつことによって、『雪国』は地誌と区別される。風景が白と黒の鯨幕となって、枠組みの喪章となるからである。はたして日本列島は、どこにどのような魂を記憶していて、どのような文学を胚胎《はいたい》してきたのであろう。

第一章

国家の未来

塔を成さしめた上人

幸田露伴『五重塔』
東京・谷中

上野の丘陵からは、東京の町の、涯《はて》しなく広がる姿が見える。明治の出発とほとんど出生を共にする幸田露伴は、すぐ近くの下谷《したや》に生まれ谷中《やなか》に住んだ。露伴は、上野の山に登って新しい国家の首都となった旧江戸の町を見渡しながら、新しい国家の行く末をまぶしく見つめようとしていたにちがいない。折にふれて天王寺の塔を仰ぐことも日常だっただろう。

塔は小説『五重塔』で感応寺の塔として登場する。

小説『五重塔』が書かれた明治二十（一八八七）年のころ、日本は大揺れに揺れていた。いままで世間の末端にいた民衆が、民権に立って国を造るという、常識とはまったく逆の思想が入ってきたからである。

一方に国家の一員でありながら個人の自由を尊重するという新しい思想もあった。個人、自由、民権などという耳なれないことばが国家とどう調和すればよいのだろう。

国造りの議論を潮騒《しおさい》のごとく耳にしながら、やがて知識人として思想の一翼をになうようになる露伴は、弱冠二十四歳の輝くような瞳を、塔上の水煙《すいえん》に向けていただろう。

関東一高いといわれる塔は、整然と層をかさねて空中にそびえ立っていたはずである。

小説『五重塔』は、こうして塔を仰ぎ見る経験から紡《つむ》ぎ出されていったのではないか。

そこで、この小説の主人公をだれと考えればよいのか。小説でもっとも有名な個所は巻末、のっそり十兵衛が竣工直前の嵐の中で欄干をつかむ情景であろう。

大工・十兵衛はここへ到るまでにも存分に我を通して棟梁の源太をしりぞけ、その上で工事に成功してみなの喝采をうける。世の習慣も身分も周囲もあったものではない。くっきりと姿を現わしながら行動しつづけるあたり、個人尊重の近代の、みごとな主人公のようである。

しかし我執《がしゅう》の強さだけが後味となって残る。しかも小さい細工物ならいざ知らず、巨大な造塔ともなれば、多岐にわたる部分部分は分業に委ねたはずで、この全体の差配こそ、大事なのではないか。

しかし小説は意図的に、そのあたりを朧化《ろうか》させて、職人気質へののめり込みばかりをきわ立たせる。つまり十兵衛はどうやらひとつの「個人」を示す役をあたえられた登場人物にすぎないらしい。

その反対が、すでに棟梁として重きをなしていた川越の源太である。彼はその統率力といい、作中で察せられる人格といい、棟梁としての貫禄は申し分ない。その上、以前からの工事のいきさつを突き崩して十兵衛という思わぬ闖入《ちんにゅう》者が現われても譲歩しつづけ、ついに自分は大工仕事の担当を断念する。

十兵衛が我を通せば通すほど、源太の人柄が大きさを増す仕組みになっている。

十兵衛にまかせたといっても、こまごまとした分業の職人を動かしたのは棟梁の源太にきまっているし、しいていえば十兵衛が工夫したという雛型の実現を、十兵衛にさせてやるだけの、譲歩だったとさえ言える。

読者にとっても源太の好感度は抜群だろう。この粋《いき》な振舞いは、江戸町人が久しく至極の美しさとしてきたものであった。

しかし、源太は嵐の中では塔のまわりを徘徊する「怪しき男一人」であった。いわば黒衣《くろこ》の役があたえられていたことも、歴然としている。組織をまとめる長《おさ》、他人を受けいれながら仕事を完成させていく力量の持ち主、そんな役を蔭にまわって果たすのが、源太である。

そこで、細かな筋立てから大きく目を転じて、中空に美しく完成されようとしている塔を「国家」の暗喩《メタファー》と見てはどうだろう。

そのことで作者の、みごとな配役ぶりを見ることができる。

小説の中軸をつらぬく人物として姿がきわ立つのは朗円上人《しょうにん》である。上人とは日蓮宗での呼称で、すでに天台宗に改宗した当時の天王寺に、上人がいるはずはない。そんな飛躍をおかしてまで、作者は尊い「上人」の名にこだわったのである。

十兵衛は上人に感涙を流して仕事にはげむ。源太も上人の前で少しずつ自分の立場を後退させる。まさに上人を中軸をつらぬく主役とし、十兵衛と源太とを輔翼《ほよく》としてしたがえる構造によって、造塔は完了した。

この構造を、息をのむばかりに鮮かに示す個所が終末である。露伴はつぎのように記す。上人は書いた。

江都の住人十兵衛これを造り、川越源太郎これを成す

と。

所詮《しょせん》、造ることに執着したのが十兵衛だった。そして主役をおり黒衣となった者こそが、成す者であるとは。

露伴は知っていたか否か、「十兵衛作」として小説に描かれたモデルの、寛政三（一七九一）年再建の塔には、日光東照宮にも先んじて倒壊を防ぐ懸垂式の心柱が用いられていたという。のみならず十兵衛が造ることになった塔は、直前に改修中、倒れたらしい。

だから十兵衛は、これらの倒壊に対する新技術をもって臨み、新五重塔の完成によって新技術は、テストに成功したことになる。

高さも増上寺の塔を抜くというから、今ふうにいえば最新のハイテクの成果であった。しかし技術は「造る」にとどまることを上人は明言した。畢竟《ひっきょう》の成果は「成す」にある。読者はこうして我執と技術の限界を、まざまざと上人から示されて、読書をおえることとなる。

飽くことなく五重塔を仰ぎながら、露伴が見ていたものは、この成すことの尊さだったのではないか。この結果、成さしめたものとして、両脇侍《わきじ》をしたがえる本尊のごとくに上人を据えたのだろう。

そしてわたしは、露伴が新しい日本の国造りを造塔に加託したと思えてならない。折しも明治政府は「国会」を設けることをきめ、その準備を進める中で新聞「國會」も発行された。この「國會」紙に露伴の『五重塔』は掲載された。だから朗円上人のさらにその上には「上御一人《かみごいちにん》」がいらっしゃる。

露伴自身もいま、文学の書き手として作家の道へと出発したばかりである。

しかし、造るのではない。造ってはいけない。成さなければならない——そういう露伴の呟きが、いまにも聞こえてきそうになる。

塔は百数十年の歳月を閲《けみ》したのち、昭和三十二（一九五七）年放火心中によって焼失した。我執によって造られた塔は、画にかいたような、もうひとつの我執のなかで、姿を消したことになる。

明治に近代を迎えた日本は、当初の二十年をまことに美しい自覚と努力によって新国家の模索にすごす。それと生を共にした少壮の作家露伴も、初々しい日本のなりゆく姿を、ここに夢想していたのであろう。

ただ残念ながら日本は明治二十七（一八九四）年の日清戦争以降、泥沼の五十年戦争へと突入し、「明治の夢」はあえなく潰え去った。

いま塔跡は日本の残夢さながらに狭い空間を残すばかりである。

東京となった江戸がこれから抱えるだろう大人口を見こして、明治時代に造られた大霊園が、まわりをおおっている。

これまた軍国日本によって亡びさった、新生日本の夢の裏側のしるしのように。

一面にひろがる、眠りについた人びとの空間。その中をめぐりながら、成すことの尊さが、わたしの胸から消えなかった。

墓域は、春、桜が美しいという。

第二章

山やまの秘奥

死についての対話

志賀直哉『城の崎にて』
城崎《きのさき》温泉

エマーソンやワーズワースの自然論が日本に入ってきて、自然美の発見が文学者たちを興奮させたのは、明治二十年代であった。いちはやく志賀重昂《しげたか》が『日本風景論』を明治二十七（一八九四）年に出版した。そして志賀直哉が『城の崎にて』を「白樺」に発表したのは大正六（一九一七）年、その二十三年後となる。

『城の崎にて』は、なおこの潮流の中にあったのではないか。

小説の冒頭、主人公は東京の山の手線の電車に跳飛《はねと》ばされて怪我をした。そこで城崎温泉に養生にきたという。

小説の課題に、近代の都市化がある。百余年後の今日、全地球の人口は半分が都市生活者となった。自然な生態を蝕《むしば》む、こんな都会の「怪我」を対極とするものが、城崎の自然である。城崎が、都会で奇蹟的に死をまのかれた主人公からすっかり都会の偽装をはぎとり、自然への透明な眼をあたえたのである。

小説には自然への視点が、二つ用意される。一つは死、もう一つは生きものにおけるフェータル（運命的）なもの。もちろん、もっともフェータルなものは死である。

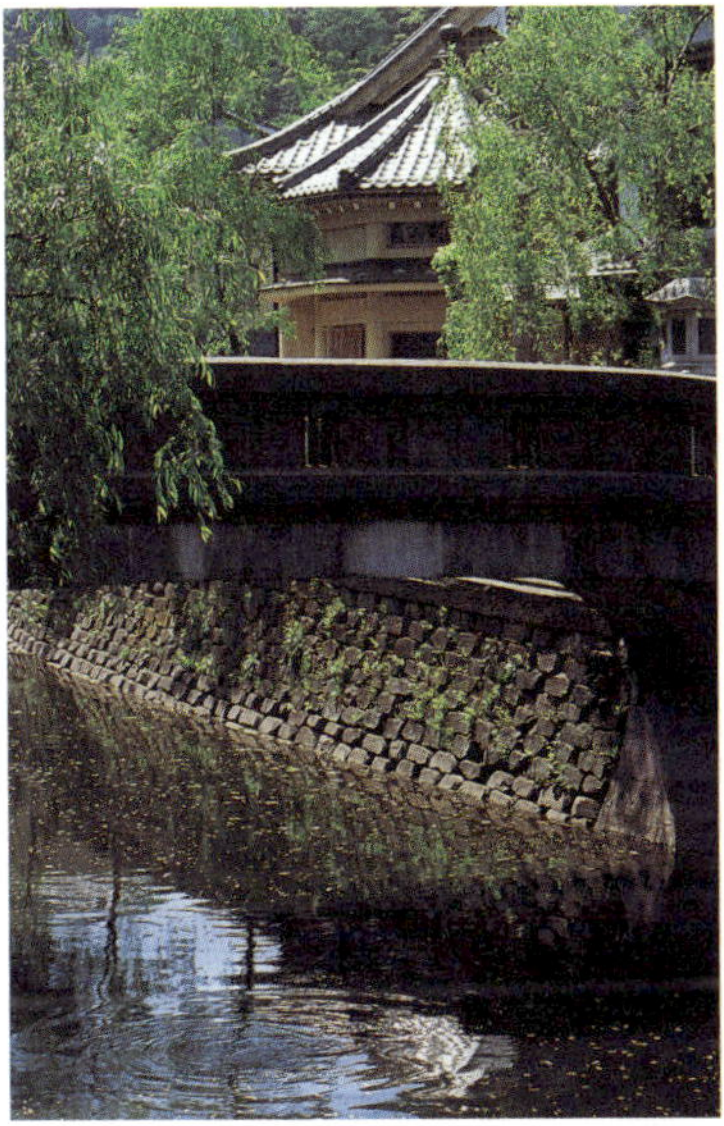

その視点に三つの動物の「死の姿」がうつる。

第一は蜂。蜂は自然に死に、死骸《しがい》を何日か瓦の上にさらした後、いつか雨に流されて消える。

何事もなければ死骸は凝とそこにあるという、自然のそれこそ基本のあり方を主人公は蜂からよみとる。これがフェータルな死の自然なありかたであり、人間も例外ではない。

第二は鼠。主人公はその後間もなく、川へ投げこまれた鼠を見る。人間の残酷ないたずらで首に七寸ばかりの魚串が刺し貫《とお》されている。

鼠は逃げる。岸から車夫や子どもらが石を投げる。鼠は石垣の間に逃げこもうとするが、魚串が邪魔して入れない。あきらめて川の真中に泳ぎ出す。

鼠は死ぬに極《きま》った運命を担いながら、死にきるまで、この努力を続けなければならない。主人公はこれを自殺を知らない動物の努力と見る。

鼠はやがて死ぬだろう。つまりこの死は他者の悪意による事故死であって、フェータルなものではない。しかし自然の生き物は宿命的な相手として人間を迎えてしまった以上、自然が自然でありつづけることができなくなった。

自然に対する「悪意」としての人間。こんな人間をかかえた都市が肥大化し自然は滅ぼされつづける。

ワーズワースたちは自然にそれ自体の美しさを認めて、人間の征服から自然を救い出そうとしたが、しかし当の人間を偉大な霊長類とすることに変りはなかった。

ところが作者が見つめた自然は、人間の悪意にさらされる自然だった。

そして第三は蠑螈《いもり》。また暫くして、小川をさかのぼっていったある日の暮れ方、川の中に蠑螈を発見した。

主人公は似た動物を引き合いに出して、蜥蜴《とかげ》は多少好き、屋守《やもり》はもっとも嫌いで蠑螈は好きでも嫌いでもないという。

そこでいま思い出すのは、『ヱマルソン』という著書も持つ北村透谷《とうこく》が「蚯蚓《みみず》は動物の中に於いて醜にして且つ拙なるもの」だが、夜窓に当って音をたてる時は「造化」の妙を悟るといっていることだ（「万物の声と詩人」。「評論」十四号、明治二十六年十月発表）。

自然はつねに人間の愛憎にさらされる。ところが主人公は憎みもしない蠑螈に石を投げる。すると当ってしまって蠑螈は死ぬ。

鼠の場合とちがって、こちらには人間の悪意があるわけではない。しかし人間によって自然の一つだった蠑螈は何の罪もなく、殺されてしまう。なぜか。人間は自ら遊びとよんで、人間が高等である証明とさえ己惚《うぬぼ》れる悪をかかえこんでいる。この悪のために、自然に死があたえられる。

こんな死は自然が本来的にフェータルとするものではない。悪をかかえた人間という相手が現われたばかりに、フェータルとなる死であった。その最たるものが、便益のみを追求する都市化と、その都市に蝕まれた自然の死ではないか。

ところで、作者は蠑螈の一件の前に暗示的な風にそよぐ桑の葉を描写する。

風もない。だからすべては静寂である。ところが桑のある一葉が同じリズムで動く。それでいて風が吹いてくると、葉は動かなくなった。

なぜか。作者は「原因が知れた」といい、こういう場合をもっと知っていたと、暗示的に述べるばかりだが、おそらく葉には葉自体の生き方があり、風によってしか動かないと思い込むのもじつは自然ではないことを、知ったのではないか。

むしろ風も不自然さをもたらすものなのだ。一方人間には本来的に不自然な人間がいる。そんな人間は自然な風にさからって生きるだろう。

風にゆれない葉にも人間への深い暗示がある。

こうして城崎は、エマーソンや透谷よりさらに深く、人間の悪意にさらされた自然の姿まで、作者に見せた。

　城崎は山合いの出湯の地として、人間の目をよりよく自然に向けて開かせるのであろう。ワーズワースの思索の地として、よく湖畔があげられる。一方志賀直哉にとっては出湯の山合いが思索の地であった。

　そういえば先の桑の木の場所をわたしが訪れた時、すでに当の桑は伐られていて、実感させるものは何もなかった。ところがその風景が唐突に、わたしに『遠野物語』の河童の淵を思い出させた。いかにも河童がいると思わせながら何もいはしない、日本人の心の中に生きる土地をかいま見たように思えたのである。

　日本人を自然と対話させ、心の根源に立ちもどらせることばを語りかけてくる山合いの自然。これが、畢生《ひっせい》の大作『暗夜行路』の結論たる伯耆大山《ほうきだいせん》の自然へと、結ばれていくことは、いうまでもない。

性の繭《まゆ》ごもり

藤原審爾《ふじわらしんじ》『秋津温泉』
岡山

日本には出湯が多い。しかも名作『雪国』ほか、温泉はこれまでも名作の舞台となった。いったい出湯をたくさん抱え込んだ風土とは何なのだろう。なぜ温泉からすぐれた文学が紡ぎだされるのか。

名作の名にはじない小説『秋津温泉』もまともに温泉を標榜《ひょうぼう》する、出湯の意味を問う作品だが、小説は出湯の一軒の宿「秋鹿園」の、しかも離れに集まる常連の描写から始まる。

常連とは双親のない「わたし」。「わたし」をつれてくる未亡人の伯母。肺尖《はいせん》カタルの女子学生。カリエスの孫娘をともなう一家。一度結婚したらしいが独身をつづける大学の講師。

ほかに画家や仏師がいるが、ほとんどがこのようにどこかに欠落の悲しみをもつ群像が、サンルームを中心としてことば少なく集まり、また散って、山峡の何日かをすごす。まるで出湯とはか弱き者が繭ごもるように身を寄せ合って生きる空間だと、いわんばかりである。

山国の日本は、そんな繭場を、人知れぬ山脈の襞《ひだ》ひだに宿しているのである。

ちょうど、繭づくりの中で蚕が美しく羽化していくように、繭場で少年や少女の性はお互いのまぶしさを輝かせ、魅せられ合っていく。

ただ、十七歳の「わたし」こと周作は、カリエスの娘にほのかな恋を感じながら、大人びた娘の愛の仕草を理解することができない。

やがて周作の愛の中心となるお新さんの愛の前でも、周作は行動することができない。

このいきさつは、あまりにも緩慢すぎて、読者を焦立たせるかもしれない。しかし少年にとって畏怖に近い愛の感情は、十分に成育過程が吟味され、十二分に醸成が促されるべきであろう。

このあり様こそは、美しい生糸の産み手としての蚕が、日び体を透明にしつづけ、その果てに蔟《まぶし》に入れられて繭をつくる過程とひとしい。

ゆったりと進む秋津での愛の経緯は美しき物の生産に必要な、徐《おもむ》ろな物体の透明化だったにちがいない。

その証拠のように小説には、やがて迎えた戦中戦後の周辺の粗雑な世俗が、とくに対比的に語られる。戦争の勃発、宿の軍への徴用、戦後の混乱と貧困といったように。

やっと戦争がおわり、戦後という新しい舞台の上に再登場する常連でも、カリエスの娘は結婚して子連れであり、夫の戦死公報を信じていない。

再開した宿を守るお新さんには、シベリア帰りの逞《たくま》しい男との結婚話がある。周作にも子をかかえた貧しい結婚生活がある。

すべては、過去の秋津温泉だけが繭を紡ぐ美しい空間だということを証明する、騒々《そうぞう》しい小道具や書割《かきわり》なのである。

そこで世俗に疲れれば疲れるだけ、かつての常連は秋津温泉になお繭場を求めてやって来る。その中で周作もお新さんも、長年の係恋を捨てかねている。変わったことといえば少年の日から年月もたって、周作ももう大人の恋ができることだ。

お新さんとの間に微妙な心の行き交《か》いがあった後のある夜、お新さんは宿の仲居に励まされ、気を決して周作の部屋の障子を開ける。

十年にわたる愛情は、いま極限を迎えようとする。体を寄せ、お新さんの火花のような声が静寂を貫き、陶酔と恍惚の時間が襲う。

と、なぜかお新さんはわが身を、「わたし」から放して夜の畳の上に投げ出す。「わたし」も火柱のような充実を咄嗟《とっさ》に避けて、冷たい畳の上に転がり出た。そして言う。

「それだよ、そんなたあいもないものだよ、それっきりのものだよ！」

お新さんもうなずきながら、

「これなのね、たったこれきりのことなのね！」

と言う。

性を「これきりのこと」と言い放つことによって、繭ごもった生身の透明化は極まったといえる。微妙な描写の中に秘匿《ひとく》されながら、世俗的な性の終末を放下《ほうか》した男女の、透明な性の完成がみごとに実現した。

あとは障子が白んでいく朝を二人が迎え、湯殿の小窓から見える山の峰の空いちめんの朝焼けが、女の裸身を染めながら秋津の空へ瀰《ひろ》がって行くのを、美しく眺めればよい。

山峡の出湯に透明となった命が、自然に委ねられる。

小説はこうして終る。


ただ、この小説の風景を実景の中に求めることは意味がない。

『秋津温泉』の描写を現在の奥津の町にあてはめると、合わないことの方が多い。むしろ、小説なのだから、実在の風景を描写するはずはない。

確かなことといえば、岡山を故郷とする作者・藤原審爾の心には、奥津温泉が繭ごもるべき、切ない原点だったに違いないということだ。少年の日に病を得て東京と故郷を彷徨した作者の中に、奥津温泉は『秋津温泉』の如く存在したという表現もできる。

一夜を奥津温泉に泊ったわたしも、湯に浸り川べりを歩き、山深い空気をまといながら、世俗にとりまかれている現代人の生活を思い出し、ほんとうの命のことを、とりとめもなく愛《かな》しんでいた。

『秋津温泉』が書かれたのは昭和二十二（一九四七）年、戦後の人間解放が謳歌され、田村泰次郎の『肉体の門』などが書かれたころである。

一連の戦後文学の、いささか性急で、安価な性の解放と『秋津温泉』をくらべる時の、この作品の深みは言いようもない。そして、性の成熟を生み出したものが、古来日本の宿す山峡の出湯だったことに気づく。

竹と女と人形

水上勉『越前竹人形』
福井

ひとりの竹細工師をめぐる小説は、その父の死から語られはじめ、村びとにとって闖入《ちんにゅう》者まがいの女と、当の細工師の死をもって終る。

死から死へと手渡される一編が、まるで黒枠にかこまれた死亡通知のようだとすると、作者は何の死亡を読者につげようというのだろう。

それは、すべて現実《うつつ》なるものの究極の消去である。

残る物は神話や寓話、夢幻劇でしかないという告知らしい。

登場する男は親子ともども背丈ひくく、醜い風貌だったという。それこそ初代の王・神武が吉野で出会った、泉や岩の中から現われる尾のある男とひとしい。異形の者の住む異界の物語とみえる。

さらに作者は、竹取の翁《おきな》が山中に暮らす窮民だったという、あの柳田国男の説を肯《うべな》うかのように、彼らが辺鄙な寒村の者だと語る。

水上は竹にまつわる異界の物語を語ろうとした。

しからばかぐや姫が登場してもよいだろう。

かぐや姫のようにこの村に出現した女は、世俗の巷《ちまた》で性をひさいでいた。しかし彼女は村では、いっさい性とかかわりをもたない。主人公――父から竹細工の仕事をついだ男は、女を妻として迎えたいと願い、願いはかなったのに、女と交わろうとしない。かつて父と情をかわした女という設定の中で、女はするりと母性の中に閉じこめられる。

ところが、この世界で性をもたない女は、世俗からやって来た取引き先の男におそわれると、あえなく赤子をやどすという惨事まで引きうける。そのため性を畏怖するこの異界には、逆説的な清浄さがただよう。

そこで、さいごまで性を拒否して月の世界へと帰っていった昔話の女・かぐや姫が、罪をおかして、この世へと流離してきたことが思い出される。

それでは小説の女はどんな罪をおかして流離してきたのか。水上は、彼女が魔界に沈淪《ちんりん》していたという。それでは、かぐや姫も同じく沈淪の中にあったゆえに、この世の性を封じられたと、水上は竹取りの物語を読んだのか。——そう思うと、わたしは全身が冷えていった。

じつは水上は実際生活でも竹やぶを背にそだった。長じてからも竹を愛し、その竹を因縁として『越前竹人形』の傑作を生んだ。

彼がそだったところは乞食谷の上だという。そして「そこはけこあんという埋葬地に近」い。「けこ」とは血の穢《けが》れをいう。「家のうらにすぐ谷が暗い口をあけていて、奥は昼でも暗」く「おんどろどん」という音が聞こえてきた（『若狭幻想』）。

いま生家跡に立ってみるとそこはたしかに墓域のとなりで、密集した竹群が奥深い闇をたたえていた。斜面を一部平らにした狭い地面が生家跡だ。

家は壁もない材木小屋。乾燥用にたてかける木材が壁代りだったと水上は語る。竹はさながらに水上の生身をかこみつづけ、彼は竹の小空間を心の世界として年少のころをすごしたのだった。

この小空間が構想の中で拡大され、小説の舞台を作ったのだと、わたしは思った。小説の竹神部落という舞台とは、じつはここ生家の舞台から発想されていた。小説はいう。竹神は山地に向かって支流をのぼりつめた山奥で、渓谷に落ちこんだ谷間に家が点在する寒村である。断崖になってきり立っている山脈の山ふところ。まるで忘れられたような部落だ。家のつくりは杉皮ぶき石置き屋根の小舎。細長い渓ぞいで竹やぶにかこまれ、山蔭でもあったので、家いえはうす暗く、陰気だった、と。

こうして小説から舞台の様子を拾ってみると、この風景は生家をとりまく実景を、心に映しかえたものとしか考えられない。きり立った断崖とは、作者に他者からの孤絶を迫ってくる、竹やぶの強迫の心象なのだ。

水上は、これらの心象に適宜固有名詞をあたえて、舞台をみごとに作り上げた。

さて、この心象からの産物である舞台の中核は、部落の竹神という命名に象徴されているだろう。

ここは竹を神とする異界なのだ。だからこそ、すべてを神話や古譚《こたん》仕立てに語る必要があった。

神の出現を知る者は定石どおりに異形者でなければならない。人間は神を見ることができないからだ。

それでは異形の男は、竹を凝視する中でどんな神の出現を見たのか。

現われたものは、人間の姿はしているが人間ではないものだった。そこで男は、竹の姿をした、人間をこえる者の「人形《ひとがた》」を創造した。

神妙な人形であった。

女を妻として迎えながら性の交わりをもたなかったのは、男が女を、女の人形と見ていたからである。

わたしがそれを確信したのは、水上と親交があったという竹人形師、初代尾崎欽一の作品を見たときであった。

福井市には欽一の孫にあたる二代目尾崎欽一の工房がある。

そこにさりげなく置かれていた小ぶりな初代欽一の作品は、竹の節を利用して宝冠を作り、表皮をけずっただけの顔をもつ観音像であった。

胴体となる竹筒は衿元だけをわずかに削り、左右からもう一枚竹をかぶせたのみの造作だった。

気高い仏像である。

これこそが竹人形の極致であった。神仏の別をこえていえば、水上が想像した竹神はこれ以外のものではあるまい。

水上は、あの墓域の竹のざわめきを聞きながら、たとえばこの竹像のような「人形」のおとずれを、しきりに聞きとめていたのではないか。

そのおとずれは「おんどろどん」と鳴っただろうか。

月光に騒ぐ山姥《やまんば》

泉《いずみ》鏡花《きょうか》『高野聖《こうやひじり》』
飛騨古川

折り重なるように日本列島をおおう山岳地帯は、谷あいといい峠といい、奥深い山懐の中に、さまざまな神秘を抱えている。

飛騨という、名にし負う山国の、白川郷から古川郷へと抜ける天生《あもう》峠も、そのひとつである。峠は一年の半分近くが雪に閉ざされるという。車で入山できるのは六月十一日からだとも聞いた。

そこで泉鏡花という幻想作家が、ここを舞台として人の世ともあらぬ物語を書き、名作の名をほしいままにしたこともわかる。

小説『高野聖』。

小説によると峠近くの隠れ家にひとりの妖艶な美女がおり、色香に迷った旅人がさまざまな獣にされてしまう。その誘惑をかろうじて逃れた旅の僧が経験を語ったのだという。

これも、風土をさまざまに語りつぐ日本の作家の、ひとつの風土誌であろう。

まず作家は飛騨の山を周到に語る。

「飛騨の山では蛭《ひる》が降る」という伝承がある。それがここだ。そして「抜道」を知らない旅の僧が「正面《まとも》に蛭の巣を」通ったのだという。

伝承にすぎない蛭だから、蛭は天生峠にはいないとまともに反論しても仕方ない。飛騨の山奥が秘めるという蛭とは何か。

生き血を吸う妖女のことではないか。

昔から日本人は、山奥に住むふしぎの女――鬼女とも魔女ともいえる女を幻想して、これを「山姥」とよんできた。もちろん姥とよんでも老女とは限らない。十一世紀の『更級日記』には箱根山中に出現した遊女をいかにも山姥らしく描いているし、能の『山姥』は百万《ひゃくま》（魔）山姥とよばれる遊女である。

じつは、泉鏡花は能の環境の中に育った。小説のヒントを能の『山姥』に得たのではないか。

『山姥』の遊女は都から砺波《となみ》山をこえて越中の境川に着き、そこから信濃の善光寺へと上路《あげろ》の山越えでおもむくが、『高野聖』でも、飛騨から信州へと山越えをする富山の薬売りが災厄に遭う。

また、百万山姥は山中でまことの山姥と会い、舞を所望される。それは折しも月光の夜、山姥は「月の夜声に謡《うた》ひ給《たま》はば、我も亦《また》真の姿を現すべし」という。

一方『高野聖』でも月光に照らされた渓流の中に、女が裸身を現わす。

そして、すでに獣にされている男どもが騒ぎ出すのも、月光の中である。

日本列島が、連亙《れんこう》する山やまによって秘匿した深奥《しんおう》の部分まで、明らさまに月光の中に照らし出される夜、山やまの抱いた山姥たちが遊女となって騒ぎ出すのであろう。

山姥に出会った男たちは、あられもない欲望のままに、蛭のように生き血を吸われ、獣となる

——そんな日本人の心意が、久しいことばの伝承を隈《くま》どっているように思える。

天生峠は、その象徴のような山奥である。だからだろう、わたしは『高野聖』に魅かれて天生峠へ行こうと雪解《ど》けを待ち、六月を待って出かけたのに、なかなか天生峠の古道に近づくことができなかった。

飛騨古川駅で鉄道をおり、国道三六〇号線を車で走って天生峠に達した。だが、これはもちろん新道である。

そこで旧道に近づくために「天生県立自然公園遊歩道」に入った。出立《いでたち》も凜々しいガイドの女性がつき添ってくれ、やっと遊歩道と交差する旧道を見かけることができた。

たしかにもう人が通らなくなった旧道は、鬱蒼《うっそう》と草木におおわれているが、一方、木を伐採して道らしくしたところもある。ただ、あっけないほどに、ほんの少しの俤《おもかげ》を見せるだけだ。

そこでもう一度舗装道路に出ると、道傍に堂々とそびえる天生道路竣功の碑を発見した。

碑文によると天生道は大正十二（一九二三）年四月、県道一八三号線に編入されたものの、改修の必要が生じ、昭和二十九（一九五四）年から二年をかけて改修、開通の功をおえたという。

総工費一億五百万円。長い歳月とばく大な工費が、開削の困難さを物語っている。

『高野聖』の舞台は、人間がこれだけの困難を克服しなければ通れないほどに、かつては嶮《けわ》しい山道だったのである。しかも小説は、その時点ですら「五十年ばかり前までは人が歩行《ある》いた旧道」を設定する。五十年通行のない道は、たちまち歩けなくなる。

作者は十分な準備のもとに、舞台を隠蔽したというべきだろう。それでこそ、妖女の棲家は秘境となる。

そこでわたしが思い出していたことは、中国のユートピア・桃源郷が、帰還した男でさえ二度と行けなかったという話だ。

そういえば、桃源郷に取材した中国唐代の小説『遊仙窟』は甘美な性を描く。『高野聖』でも男が甘美な性を夢みたばかりに妖怪まがいの獣にされてしまう。『高野聖』を『遊仙窟』の系譜の文学として読むことができる。

そうなると、小説に、まるで能のワキ役のように登場する人物が高野の聖僧《ひじりそう》であることが、重要になる。能の「諸国一見の僧」にあたる立場を、作家は高野聖——諸国を勧進してまわる下級の旅僧にあたえた。時として彼らは無頼の徒であり、聖を名乗る悪僧でもあった。

この者どもの中から浮かび上がってきた勧進《かんじん》の、半俗半聖の僧しか、幽谷の妖女のわざを見ていないのである。

その聖とて「雲に駕《が》して行くように」消える。

妖女の棲む幽谷など、いくら探しても尋ねあてる術はない。

わたしたちには、せめて天生の自然公園を歩いて原生林を仰ぎ、ササユリやニッコウキスゲを見ながら、天生峠が秘める幻影をしのぶしか方法がないのであろう。

それでも月光の夜なら、月に魅せられた山姥たちが、騒ぎ立つはずである。

幻を秘める木立

京都

川端康成『古都』

　京都駅から北西へ、清滝川《きよたきがわ》に沿って神護寺《じんごじ》や高山寺《こうざんじ》をすぎ、さらに山奥に分け入ったところに北山《きたやま》がある。

　いまは北区の中だというが、それは行政区画上のことでしかない。山道をたどる目には左右に美しい桙《ほこ》を林立させたように杉がつづく、閑寂《かんじゃく》な山峡である。

　ここからは数百年の間、数奇屋造りの主材となる杉丸太が産出されてきた。木がまだ幼いころから枝を払い、丸太として伐り出した後は磨きをかける。美しい艶が匂うような材に仕上がる。その姿の美しさと、ひっそりと生い茂る杉に包まれた山里の静かさが、古くから人びとに愛されてきた。

じつはこの北山が川端康成の小説『古都』の舞台となって、古来の山里に華やぎを添えるようになった。

小説『古都』は知る人も多いだろう。この都に伝わる祇園祭や時代祭、また伝統の西陣の織物にまつわる時代の流れなどをふんだんに取り入れた小説だから、京都の観光ガイドとしても役立つ。その上に季節の推移まで書き込まれているから、『古都』は美しい京都の四季を描いた小説だと評論され、じじつ、それに乗せられて小説を読む読者も多いらしい。

しかし、川端はそんな目的をもって書いたのではない。

主人公は西陣の老舗《しにせ》に育つ千重子。ところがこの子は捨て子だったとも、人ごみでさらってきた子だったとも養父母がいう。ふたしかな靄ばかりが、千重子の胸に漂う。

そうした千重子は、ある日北山を訪れた時、行きずりの少女が自分とそっくりであることを友人から告げられる。心に無意識な執着がやどる。

やがて祇園祭の夜、この北山の少女と千重子はぱったりと出会う。この時には北山の少女も瓜二つであることに気づき、自分たちは双子だと思い込む。

このことを千重子は両親にも告げないままに、出生の秘密に悩む。そして北山の少女——苗子に誘われるままに北山に出かける。

折しも北山は時雨《しぐ》れる。苗子は体で千重子をかばい、ともどもに体感の中で血を分けた者同士であることを確信する。

やがて苗子の存在を知った千重子の両親は、苗子を京に引きとることを考える。

ところが同時に、千重子を恋していた男が苗子に求婚する事件がおこる。

しかし苗子はこのいずれをも拒否する。苗子は、男が千重子の幻と結婚したいのだと思うし、幻である苗子が現実の姉の千重子といっしょに生活するべくもない。

一夜、千重子の家に泊った苗子は、雪の朝山へ帰っていく。「また来とくれやすな」という千重子のことばに、ただ首を振って。

そして小説は終る。

さて、書物を閉じたわたしには、苗子とは千重子の幻を人間に造形したものなのだという実感が強く残った。小説は二人を別の人間として描く。しかしもし、そうなら、北山や祇園祭で偶然に会ったり、千重子に憬れる男性が苗子に求婚したり、まるで雪女のように消えていったりという設定には、あまりにも不自然さが目立つ。

それを反対に、すべて千重子の心底に宿した幻想とすると、全体はみごとに緊張した心象の姿として結晶する。

二人は北山の時雨の中で抱き合う。苗子が千重子の、肉親を求める願望の幻想だとすれば、このクライマックスは哀しいまでに切ない。

じつは小野下ノ町《おのしもちょう》にはこの抱擁を彫刻した高野佳昌《けいしょう》のブロンズ像がある。妹といいながら、苗子に体のすべてを委ねた千重子の姿は、充足した依存感にみちている。反対に苗子が杉木立の彼方の空へ放った目は、人生の行手への凝視と見える。

『古都』の作者、川端が早くに親族のすべてを失い、孤児にこだわり続けた作家であることを思えば、父母という生の根源も知らず、出生の所以《ゆえん》も知らない千重子に、川端が幻の分身を求める役割を背負わせたことは、あまりにも必然的ではないか。

しかしわたしは、もちろん過去にこだわることが川端の個人的事情だとは思わない。人間のすべてが背負っている生の不安、求めて止まない「母恋い」、母なるものから剝離《はくり》してしまった人間の孤独。そうした、生きていることと等身大の哀しみを女主人公に託した作品が、この一編だと思う。

また、細やかな情調を長く養い、洗練させてきた古都の女人に、この孤独を代表させたことも、成功だったといっていい。

京都という文化都市が、外郭としてもつ山峡の一つの、独自の美しさを秘めた北山杉の集落。そこへ行けば、もしかしたら人間の孤独を癒すべき何物かがあるのかもしれない――、京都の古い伝統の中に、命の由来を知らずに過ごす人間が、そんな幻影を求めるのも、十分合点がいくではないか。

だから苗子が町へ出てきて、千重子の家庭の一人となることなど、ありえるはずもない。夢うつつともなく床を共にすることが、たった一夜だけだということも、約束されたことであった。

北山は、こんな幻影を秘匿する空間だった。そこに育った杉は、肌理《きめ》細かに人肌のように磨かれて杉丸太となると、京の町に出て、数奇屋として組立てられる。いや、北山杉があったからこそ、数奇屋造りという優雅な建築様式も出来上がったのであろう。

川端が空想したように、京の町人を幻として慰めるものが北山にあるとなると、鶏と卵との関係にも似た北山杉と数奇屋の中で、数奇屋自身も、現世の世俗とは別の、人間の幻を秘める空間だったか。

さてこそわたしたちは、数奇屋に座って人間の生の哀切さと対面するのである。

乱波《らっぱ》と隠《こも》り国《く》の愛

司馬遼太郎『梟《ふくろう》の城』
伊賀上野

いま三重県名張《なばり》市の赤目《あかめ》に、柏原《かしはら》城の跡がある。ここが「伊賀郷士が先祖から継承してきた最後の砦《とりで》となった」ところだと、司馬遼太郎はいう。

伊賀の兵千余。それに対して四方から織田信長の軍、一万二千強がひたひたと迫った。伊賀の村の者には忍者がまじっているかもしれない。だから織田勢は村むらの女子供までも殺し、ついに柏原城も押し潰した。

天正九（一五八一）年、ここに伊賀は消滅した。

城といっても、砦《とりで》にすぎまい。石垣を築くわけでもないからいま城郭を見分けることさえむずかしいが、訪れてみるとこんもりと小高い丘が中心だったらしい。隣りに勝手神社があるのは、ここが砦の搦手《からめて》だったからだろう。

四百年記念に建てた天正伊賀の乱「決戦之地」という石碑がある。砦跡を背に北を向いて立つと、いま一面に広がる田畑はかつてよほど鬱蒼たる森林にもおおわれていたであろう。その中を伊賀の郷士は、おびただしい屍を残しつづけて、ここまで後退してきた。もう背後は山で、伊賀盆地は残されていない。ここに千余の兵がひしめき、全滅した。

現在耕すこともなく残されている小丘は、累々たる死者の無数の骨骸《こつがい》を、抱きかかえているはずである。

その後久しくここでは怪しい「狐」が出ることとなったのか、勝手神社には「喜常津賀《きつねづか》」(狐塚)があった。

こうして信長は伊賀を支配下におさめ、天下布武《てんかふぶ》はたくましく進められていったが、一方、生き残りの伊賀忍者たちは、天下の表舞台からは姿を消し、彼らの根生《ねお》いの闇の中にまぎれ込んで、息をひそめて棲息することとなった。

その生き方を、司馬はたくみに描きつづける。

まずは権力者を狙うことが彼らの目的となる。秀吉を殺せ。これはひとり主人公の葛籠重蔵《つづらじゅうぞう》だけに課せられた使命ではない。秩序を善とする者、すなわち陰影深いはずの伊賀の国士を権力によって組織化した者は、伊賀者の天敵だったにちがいない。この構造によって司馬は武士志願の風間五平を道化《どうけ》役として設定した。

伊賀者の姿は、つねに権力者のそれとあい反する。「忍者はつねに孤独な姿で天下に相向っている」と司馬がいうように。

また司馬は乱波（忍者）の術を「兵法のごとく武技の強弱を争うためのものではない」「遁走するための術」だという。もちろん目的を達するための方法が、遁走を主とする段取りの上で行われるのである。

あるいは司馬は「乱波は永久を希《ねが》わぬ」ともいう。乱波に人情は禁物である。だから異性に愛慕を抱き始めて、永遠に生きたいと思ってしまうと、乱波でなくなる。

そしてさらに「忍者は梟と同じく人の虚の中に棲《す》み、五行《ごぎょう》の陰の中に生き」る。虚や陰に生きる者が天下の覇者となるはずがない。むしろ栄光に目を奪われる者どもは、彼らにとってうとましいだけの人間だった。

司馬はおもしろいことばを作った。こうした彼らが活躍するところを闇だまりという。日だまりを裏返しにした造語だろうが、言い得て妙である。伊賀の者は闇だまりに棲む、孤独で遁走を常とする虚の者であった。そのような化生《けしょう》だと司馬はいう。

だから彼らはそもそも青天白日の下では生きていけない。いみじくもこのあたりを「隠《なばり》」（名張）というように、姿をすべて、重畳《ちょうじょう》とした山にかこまれた「隠《こも》り国《く》」がなければ、彼らの安住の地はないのである。だのに信長は、まるで蜂や蟻の巣をつぶすように伊賀を征服し、伊賀者を巣から追い出して白日の下にさらしてしまったのである。

それ以後、化生は故郷を喪《うしな》って人ごみの中に流離するしかなくなる。かつて化生たちは、化生でなく人間として豊かに棲息できる、陰影の濃い山河をもっていたのに。それを奪われた悲しみが、大河のようにこの小説の全編をつらぬいて流れる。

ただ、司馬は「隠り国」のレクイエムを奏でるばかりではない。柏原と南北をへだて、間に伊賀上野を挟むように存在する御斎峠《おとぎ》を、小説のもう一つの大きな支点とした。そこに重蔵の庵をつくらせる。

じつは峠の庵は小説の冒頭と結末に登場するほか、要所要所に重蔵の帰るべき所として姿を見せるのである。

いま御斎峠に立ってみると、眺望がすばらしい。眼下に伊賀上野の街がひろがり、伊賀盆地は全域が姿をさらす。

先ほどから「隠り国」といってきた郷土はあっけらかんと全身を白日にさらし、山やまにかこまれているとはいえ、その範囲で広闊《こうかつ》な風景を見せる。「隠り国」といいながら、狭隘《きょうあい》感や逼塞《ひっそく》感はまったくない。

おそらくここに柏原と対峙する支点をおいたことは、「隠り国」全体を見るもう一方の視点を、小説の構想の中に置きたかったからであろう。

はたせるかな結末部には、ここで重蔵と小萩の仲むつまじく生活する様子の活写がある。乱波を失格させる、あの愛慕との葛藤が呆気ないくらいに打ち破られた、琴瑟《きんしつ》あい和する二人の叙述である。

かつて小萩は老女から忍者を慕うのは「かげろうを抱こうとするようなもの」だといわれたことがあった。が、いまはつゆほども、そのけはいはない。前に述べた愛慕の中の永遠の否定も頭の中にない。

すでに梟の闇だまりは過去のものである。かつて信長は伊賀者を魑魅魍魎《ちみもうりょう》のごとく見、伊賀には人外の化生が棲むと思ったが、御斎峠ではすでに重蔵も小萩も、人間であった。たしかに司馬は歴史という動画の中に伊賀者のレクイエムを書いたが、しかし歴史を超える男女の中には生きつづける人間の姿も見ていた。

しかも重蔵と小萩には、長く怨念を抱きあった伊賀と甲賀を超えた結びつきもある。むしろ小説の主要なテーマの一つが甲賀と伊賀の抗争であったのに。

この大きく人間を見る目が、司馬の歴史文学の基本の温かさであろう。

胞衣《えな》を遠望する宿駅

島崎藤村『夜明け前』
中津川

「木曽路はすべて山の中である」とは、あまりにも有名な『夜明け前』の冒頭である。そしてさらにつづいて語られる、崖の道や川岸の道によって、鬱蒼とした森林の底深い木曽路が読者に印象づけられる。

しかし、木曽路とは木曽の山やまの谷あいと道という二つの要素をもつ。山だけではない、この道という宣言にも耳を傾ける必要があるだろう。道とは他界へと確実に展開していく、開放の装置でもあるのだから。

山峡という閉鎖性と道という開放性——。『夜明け前』の舞台は、この二者によって設定されていると、考える必要があろう。

それでは二者の一つ、『夜明け前』の山とは何物か。

それは必ずしも、木曽谷をつくる山だけを意味しない。むしろ青山半蔵も折にふれて望んだ、馬籠《まごめ》の人にとってもっとも大切な山は、恵那《えな》山である。著者藤村自身も用心ぶかく冒頭に馬籠の枠ぐみの一つとして馬籠が、

山の中とは言いながら、広い空は恵那山の麓の方にひらけて、美濃の平野を望むことの出来るような位置にもある。


と記す（第一部　序の章）。

恵那山のエナとは、田久保英夫の小説『檜垣《ひがき》』がいうように胞衣のことだ。胎児を包む胞衣をもって呼ぶとは、古来この山が日本のいのちの根源として尊ばれてきたことを示す。

『夜明け前』には、青山半蔵たちの日びを大きく揺すぶりつづけた幕末・明治の、まさに新しい日本誕生の「夜明け前」の風景を、日本の胞衣である山が見つづけてきたという、大きな設定がある。

古来繁昌した御坂《みさか》越えも、馬籠からは恵那の方に望め、恵那の裾には古代の牧場の跡も遠く光っているという（第一部　序の章）。

馬籠への春は恵那山脈の雪溶けが告げる（第一部　序の章、第十一章）。反対に冬の白さ、寒さをますのも恵那山連峯である（第一部　第十一章）。また嘉永七（＝安政元年、一八五四）年十一月の大地震でも恵那山ほかの大崩れが近くの山から望まれた（第一部　第二章）。

藤村が維新史の傍らに見ていた山とは、大きな日本の根幹である胞衣の山容だったのであり、木曽谷をつくる山やまなどではなかったのである。

じじつ、中津川を通って車で山道を登っていったわたしの目にも、恵那山は見えかくれしながら、悠然とした山容を示しつづけた。藤村が描こうとした夜明け前の変動の歴史の中でも、この山は、揺るぎなき日本の原点として存在する役割を、になうものとして据えられたのである。

さて一方の道は、不動なる山とは正反対に、目まぐるしく変動する時代の水脈の役割をはたした。

この小説がかかえ込む、時代的な交通者はおびただしい。皇女和宮《かずのみや》の江戸下向（一八六一年）、のちに新撰組を結成することになる浪士隊や、尾張藩主徳川茂徳《もちなが》の上洛（一八六三年）、翌年の天狗党の通過や東征軍の進軍（一八六八年）。また参勤交代の廃止による江戸の女たちの国許下向も、大きな木曽路の華やぎであった。

もちろん情報がいち早く伝達されていくのも、街道である。ペリイの来航（一八五三年）、安政の大獄（一八五八〜五九年）などなど、情報は大小もらさず木曽路を通過していった。

宿駅はこの人や情報の伝達を受けとめる役目をはたした。

その宿駅の受信装置も、具体的な様子が小説には怠りなく、各宿駅の冒頭に描写される。たとえば馬籠は、

宿場らしい高札《こうさつ》の立つところを中心に、本陣、問屋《といや》や、年寄、伝馬役、定歩《じょうほ》行役《こうやく》、水役、七里役（飛脚）などよりなる百軒ばかり

が中心だとある（第一部序の章）。この他は六十軒ばかりだというから、宿駅とは旅の節目の役がほとんどだったことになる。要するに旅の人馬や情報の受けとめ装置として機能するものが宿駅であり、宿駅を管理した江戸幕府もそれだけ伝達を重要視していたことがわかる。

こうして、「木曽路」は閉鎖空間どころか、関所破りすらできない、完備された通路であり、江戸と上方の強力な連繋《れんけい》のための、言語ラインだったことを意味する。

一方、平野を通る東海道などは、情報が拡散しがちで緊密度に欠ける街道だったはずだ。

『夜明け前』の主人公たちは、宿駅という受信装置の完備とあいまって、時代の最先端を生きていたとも言えるだろう。

半蔵はそのひとりである。

ところで、馬籠の宿《しゅく》がほとんど民家といえるものを持たなかったことも、現地に立つとよくわかる。ひどい急坂の駅だ。平坦地を求める農業には不向きであろう。林業を営むにしても、緩かではない斜面の地の人たちに、住まいとしての安らぎは乏しかったはずだ。

『夜明け前』自身にも「曲りくねった山坂を攀《よ》じ登って来るものは、高い峠の上の位置にこの宿を見つける」（第一部　序の章）と書かれている。

この「見つける」者は仮りの休息をとる者でこそあれ、住む者ではない。だから世代を伝えつ

づける住人は山の宿駅の管理者にとどまる。

半蔵とは、管理を完全に稼動させることを使命として生をうけ、これを宿命とし、生を全うするべきものであった。

装置こそが故郷というべきだろうか。少しでも気を許せば急坂をころげおちかねない坂の宿が産土《うぶすな》の地であってみれば、その生涯が安らぎを得るはずは、ないではないか。

そのとおり半蔵のもっていたものは、ことごとくころげ落ちた。本陣も問屋も庄屋も、すべては御一新とともになくなり、新時代にかけた夢も消える。

あげくには座敷牢に入れられて狂乱の中に死んでいった半蔵（第二部終の章）。

装置の廃止とともに平穏な精神も転落していったのである。

ただ、すべてを失った後、半蔵は万福寺近くの藪を切り開いた一画に土葬された。そこの墓からは馬籠の村が見下ろされ、遠く恵那の山が望まれる。

この墓こそ、小説のすべてを集約する象徴的な装置だったのである。

隧道《ずいどう》の先の風景

井上靖『しろばんば』
三島

伊豆半島を縦貫する道は天城《あまぎ》峠をこえる。そこにはじめて隧道（トンネル）ができたのは明治三十八（一九〇五）年だったという。

この近代化の波は峠をはさむ南北の、湯ヶ島や湯ヶ野の村に、大きな衝撃をあたえたはずだ。やがては馬車、バスという交通手段へとつながっていくのだから。

『しろばんば』は、まさに村に通路が穿《うが》たれ、次第に生活が変化しようとしている中にあった、大正初めの湯ヶ島を舞台とする。湯ヶ島とは峠の北の部落だ。

少年洪作はここに生まれ、浜松の中学校に進学すべく村を離れる。

つまり「隧道」の外に出る。

洪作は道を北に大仁《おおひと》へととって浜松へ行ったのだから、天城峠の隧道をくぐったわけではないが、大仁は小説にも記されるように都会じみたところであり、この大仁の都会性こそ、軽便鉄道や馬車がもたらしたものだった。

それほどに小説は力をこめて、「通路」を拒否した湯ヶ島の「村落」を描く。

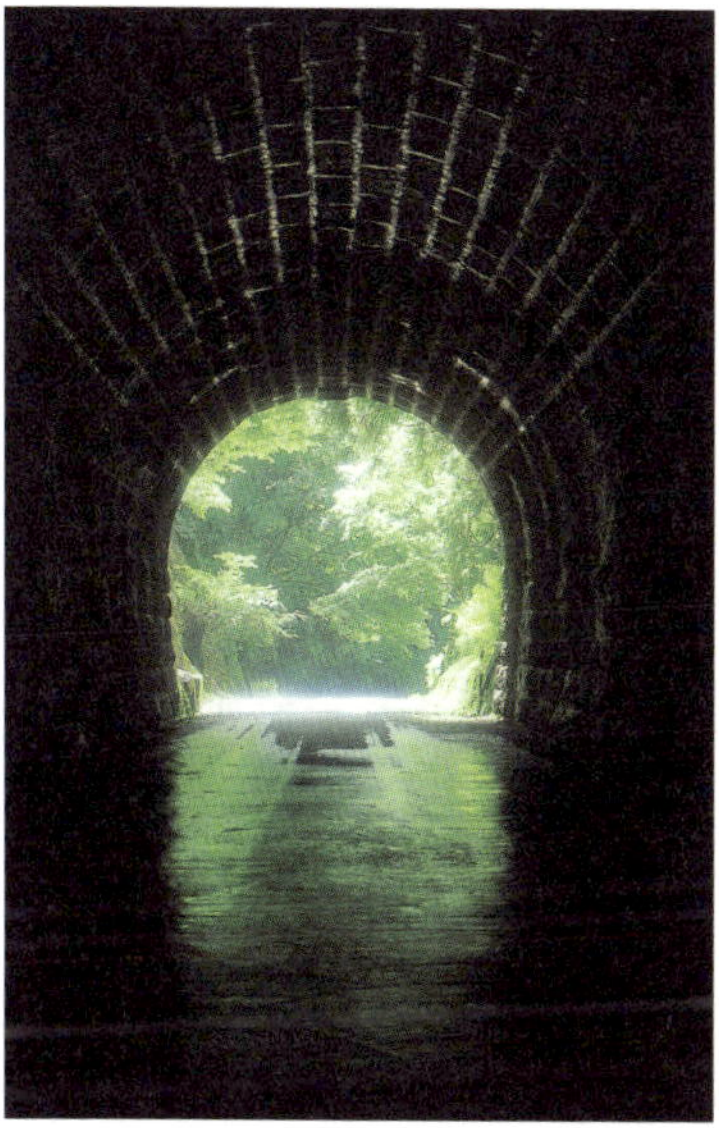

昔の子どもといえば、学校から帰ると遊ぶしかない。その範囲はほとんど湯ヶ島を出ない。集合場所が「お役所」の正門前で、渓谷の温泉や川の「へい淵」が遊び場である。学校はむしろ字《あざ》や部落の違いを大きく湯ヶ島に統括してしまう、集合の力の要《かなめ》でもあった。

小説は湯ヶ島の集落の配置や部落の大小、字名の一つ一つを克明に記す。これも洪作の生活が濃密に凝縮され、湯ヶ島に内包されたものであることの、訴えのように読める。

さらにその上にもうひとつ、主人公にあたえられた条件がある。

洪作は曾祖父の妾《めかけ》だった「ぬい婆」とたったふたりで、土蔵に暮らしている。曾祖父の死後、ぬい婆が自分の立場を守るためにとった手段に発した変則な生活で、洪作の家族は軍医である父の勤務先を移動しつつ、別居している。

洪作が、物心ついて以来、彼の生活は村どころか家族どころか、この土蔵を原点とし、ぬい婆の懐《ふところ》の中にあることを安らぎとしてきたものだった。

その上洪作の家は、新道に面した「宿《しゅく》」とよばれる集団の中でさえない。久保田（窪田であろう）という字の一軒であり、山間にあって多少は田に適した土地として開けた、旧来の字の中にある。現地を歩いてみても、「お役所」や遊び仲間の家である商店や造酒元は、ほんの間近のところだ。

こうした字の平和こそが洪作のなつかしい故郷の風景だった。

ところがこの洪作の心の平和を、かき乱すものがある。ふたりの女性が身にまとった都会風である。

前半の女はさき子、後半の女はあき子。

小説の前編がさき子の死によってとじられ、後編が、入れ代りのように現れたあき子との別れによって擱筆《かくひつ》される構成は象徴的、暗示的で、ただ息をのむばかりではないか。

さき子は母七重の妹だが、沼津の女学校をおえて実家に帰り、洪作の学校の代用教員となる。さき子をまぶしく見つめる洪作。さき子は赴任してきた東京の大学出の男性教員と恋愛し、結婚前に子を産む。その結果、男は他校へ転勤し、さき子みずからもやがて肺を病む身となって、ある深夜人しれず人力車にゆられて、村をぬけ出る。

程なく、村に死のしらせがとどく。

すると洪作は仲間をさそって「トンネル」を見にいく。さき子の死んだ町は逆方向で、この先にあるのではないのに。念仏をとなえ、さき子から教わった唱歌を歌い、登坂の苦しみに耐える。

時折り、洪作の頭をさき子の死がかすめる。「ひんやりとした思いを振り棄《す》てでもするように」洪作は皆に「頑張れ！」とどなる。

雑木の葉裏が風によって銀色に輝く。それが「風の通る道」を教える。風とは死のことである。

洪作はなぜ隧道を見たかったのか。後に洪作が述懐するところによると、さき子が死んだ町への道とは反対の天城への道を歩いたのは、死後どんどん距離が大きくなる、さき子と自分との間を思ったからだ、という。

つまりは異界へと遠ざかるさき子への絶望感が、洪作を天城隧道へみちびいたといえる。隧道の先に異界の風景が見えていたのである。

わたしが見た時も、隧道は暗く水がしたたり、行く手の出口が不気味に明るかった。

この異界を、後に洪作は下田へのぬい婆との旅で実際に体感する。

隧道の入口に立ってみると、出口が見える。ところが、

出口は、洪作のところからは半月状をなして見え、その半月の中に小さな他国の風景が嵌《は》めこまれてあった。(中略)洪作には半月状に切り取られた賀茂郡の風景が、こちらのそれとはまるで違《ちが》って、妙に生き生きとした新鮮《しんせん》なものに見えた。

もうさき子の死を感じさせた風は、ここには吹いてこない。さき子も他国で生きているといっ

てよいだろう。そうさせたのは、他国の風景をまとったあき子だったからである。そしてさき子の蘇《よみがえ》りのように転校してきたあき子も、同じく女のまぶしさをもって現われたからである。

あれほど執拗に洪作をとらえていた湯ヶ島の安穏さは、今うそのように影をひそめ、洪作は他国へ旅立っていくことができた。——

そうした結末をもって終る『しろばんば』の本を閉じた時、わたしの心に深々と漂ってきたものは、山国日本の人びとが寄せる峠への思いと、それを開鑿《かいさく》したトンネルとは何かという問いであった。

川端康成は他でもないこの天城越えによって『伊豆の踊子』のロマンを書き、一方のちに『雪国』によってトンネルの彼方の人間の孤独を描いた。

『しろばんば』も一連の峠の文学とよぶことができるだろう。しかし川端の峠の二作品がともに旅人の体験として書かれたのに対して、井上の峠の文学は峠のほとりに生まれ生きた人生の、固有の成熟の過程として書かれた。

トンネルとは成熟の通路でもあった。

しかし成熟とは、湯ヶ島の土蔵のしろばんば（白い老婆）への訣別でもあった。

恥《やさ》しみのドン・キホーテ

太宰治『富嶽百景』
甲府

静岡で新幹線をおりて、東海道本線、身延《みのぶ》線へと乗り継ぎ、富士山の西側を山間に入りこんで、くねくねと甲府へ出るコースは、太宰の『富嶽百景』をなぞる上で、まことに都合よい。

この間、仰ぐほどの上空にあった富士はやがて遠景へとしりぞき、北側へまわり込むとまったく反対の北富士へと姿をかえる。

南富士は宝永山をかかえているせいか、右肩がややずんぐりしていて、すこし身重である。ところが北側にまわるとそれが消え、とりすました格好をとる。

ついで甲府から車にのって御坂《みさか》峠に出ると、山裾に河口湖をひかえた富士は、一点の瑕《きず》もない麗姿を見せた。古来この地の富士山がもっとも美しいとされてきただけのことはある。

もちろんわたしも、今までいろいろな場所から富士を見てきた。どんなに小さくとも、富士を見れば、わけもなくはしゃぐ、典型的な日本人だった。「さすが富士」「およそ富士たるもの」などと思ってきたものだ。

ところがこう一日中富士を多面的に見るのは、初めてだった。

すると霊峰富士は、だんだん人間に近づき、わたしと富士との距離が急激に近くなった。山が動くと、表情も親しみを増した。

そこで有名な葛飾北斎の『富嶽百景』を思い出してみよう。これは右のようなわたしの印象とまるでちがう。

北斎は百とおりの美しさを示す富士を描いた。いくら描いても、画家との心理的な距離は、ちぢまることがなかった。北斎はつねに距離をたもち、鑽仰《さんごう》の念を抱きつづけて、みごとな百富士をとり出してみせた。

ところがどうもわたしは、北斎富士を無意識のうちにしりぞけ、太宰富士を体験してしまったらしい。小説『富嶽百景』にみちびかれて、知らず知らずの内に、太宰富士の後追いをしていたことになる。

そもそも太宰は、十国峠の富士の、完全なたのもしさに接して、げらげら笑ったという。そして東京のアパートの便所の窓から見た富士がくるしかったと告白する。

さらに御坂峠の、まさに評価の定まった富士を軽蔑さえし、はずかしくてならなかったと書く。

話題がこう始まってしまえば、もう太宰の富士は北斎のように富士の百美を描くのとは、まるで違う。主人公の「私」は、北斎とちがって富士に心一杯の愛憎をもち、威圧的で絶対的に君臨する富士に戦いをいどんで、格闘した。

かえって写真の富士をいいといったり、あえて火口の写真が睡蓮の花に似ているといったりする。

何のことはない。この挑戦は風車にむかって猛然と戦いをしかけていったドン・キホーテとひとしいではないか。

太宰には富士のごとくそびえ、動かしがたく存在するものが多かったであろう。巨富を誇る生家、まぶしく輝く文壇。芥川賞を懇願した長い手紙（川端康成宛、一九三六年）もドン・キホーテさながらの希望と絶望を示すものに他ならない。

重《おも》おもしい物に対して、太宰はよく道化る。重さは野暮だ。そう思う時の、シャイでそのためにぎこちなく誇張される仕草が、太宰の道化となった。

重い富士の前で「私」は風車の前のドン・キホーテに似てくる。

しかし悪態をつくこの道化師は、繊細でやさしい、湿潤な本性をいつまでも隠しきれない。

念々と動く自分の愛憎がはずかしく、富士はやっぱり偉いと思う。

とくに、夜の富士が月光を受けて、したたるように青い。

さらに雪が降ると山頂が、まっしろに光りかがやいて、御坂の富士も、ばかにできないぞと思う。

なによりも、富士の美しさを「単一表現」の美しさかもしれないと考えて、少し富士に妥協しかける。

一方に、あい変らず俗な山だと思いつづけたい気持はあるのだが、そんな屈辱感を持たず、りっぱに対峙《たいじ》する月見草を「私」は見出す。

「富士には、月見草がよく似合う」というよく世に知られたせりふは、富士への挑戦のはてに辿りついた、対峙するものの姿をいう名文句だった。

「私」が夜の富士や雪の富士を美しいと思うのも、「私」が月見草と似てきた時だ。反対に富士に似合わない遊女集団や、ふてぶてしい花嫁、賑やかなタイピストたちは富士と対峙できない輩《やから》だ。月見草とちがう。

ところで、こう告げられると、とまどう読者もいるのではないか。なんともみごとに裏腹な抒情性ではないか、と。

終末には富士が酸漿《ほおずき》にさえ似てくる。あの挑戦がうそのように、かわいらしい結論ではないか。

しかしこの可憐な切なさは、人間の基本として、いつも太宰文学が読者に示しつづける人間性である。

生きる恥しさといってもいい。

太宰は富士と対峙する月見草を金剛力草という。それくらい、けなげにすっくと立っている月見草は、作者のいう「単一表現」の姿によって、同じ表現の富士と拮抗《きっこう》し、そこで富士の重圧から脱出することも可能になる。

そもそも大まじめな主人公を描く時、太宰は生まじめさに堪えられないから、ついつい道化てしまう。美徳とか理想とかといった常識的な価値観があまりにも単純で、はずかしくてたまらないのだ。

だから日本のドン・キホーテは十分に醒めている。

道化を描くという、この作家が得意とした手法の一つは、しかし喜劇を志したものではなかった。むしろ繊細さを心にいだく人間に対して、それを描くに堪えられないほどの含羞《がんしゅう》の思いが、この作家にはあったのだった。

富士という風車に挑戦するドン・キホーテぶりは、この恥しみの偽装だったといってよい。

恩讐《おんしゅう》をこえる競秀峰《きょうしゅうほう》

菊池寛『恩讐の彼方に』
中津

名作の舞台となった青の洞門《どうもん》（大分県中津市）は、名峰、競秀峰の山裾にある。

とくに川の対岸から見ると、山並みは幾つかの峰が高さを競いあってつらなり、岩壁をそびえさせ樹木を繁茂させて、美しさを競っている。

奇勝ということばがふさわしいだろうか、いささか日本ばなれした趣でもある。いかにも江戸の文人をよろこばせるに足る景色で、中国ふうに競秀峰と名づけられたこともわかる。

しかも今は上流にダムができたせいもあって、川は湖のように静かな碧潭《へきたん》をつくり、山容と呼応する。

かつて、福沢諭吉がここに旧中津藩主奥平家の別荘を建てたいといったとされる、それほど優雅な景勝の地でもある。

ところが一方、ここは交通の難所だったという。

切りたった崖にそった鎖《くさり》渡しとよばれる道は、せめて鎖を渡して安全をはかるしかない難所だった。年に十人もの死者が出たという。

そのとおりだろう。すでに奇勝といったほどに、そそり立った山やまなのだから、安全な岨路《そばみち》などあろうはずがない。

もう山裾に隧道をとおす以外に方法がない。しかも対岸から見ると山裾はいくつかの襞《ひだ》に分かれて降りているから、その何か所かをくぐり抜ければ一本の道がとおる。

史実として伝えられる、僧・禅海による隧道開削《かいさく》は、こうした経過の中から発想され、完成にいたったものだろう。

禅海は貞享四（一六八七）年、越後高田の生まれ。少壮のころは江戸浅草に住んだが六部遍路《ろくぶへんろ》となって洞門近くの羅漢寺に到り、独力開削に着手した。時に享保二十（一七三五）年、四十九歳だったという。工事は明和元（一七六四）年、禅海が七十八歳の時に完成した。

これで安全に通行はできるようになったが、さてここに一つ、大きな問題がある。

景勝の山容を愛《め》でることと、それを傷つけて通行を安全にすることとは、大きく思想を異にする。なにやら当今の国土改造と景観破壊とに、よく似ているのではないか。

さらに隧道にしようということになると、ますますもって、外見を気づかう昨今の解決策を思い出させる。

禅海がやったことは、そのように大きな問題をふくんでいたのである。

競秀の美と交通の便。ここに、自然と人間とをめぐる争いがあったことを、いま見逃がしてはいけない。

ところがこの人間の勝利、禅海の美挙《びきょ》に、作家菊池寛はもう一つ、大きな問題をつきつけてきた。

史実ではごく自然に、人命を落とすことの回避、安全のための開削だったが、作者はそんな常識的な美談の凡庸さをきらった。

そこで小説では禅海こと了海に、史実が伝えない開削の理由を空想した。

了海はもと市九郎といい、主人の寵妾《ちょうしょう》を奪った上、主人を殺して女とともに逐電《ちくでん》した大悪人で

あった。

いや逐電したばかりか山中に隠れ住んで旅人をおそい、金品をせしめることをなりわいとした。

ところがある日、殺人、物盗りに馴れて平然としている女を見て、市九郎は愕然《がくぜん》とする。

女が五両か十両の髪飾りを奪うために「女性の優しさの凡《すべ》てを捨てて、死骸に付く狼《おおかみ》のように、殺された女の死骸を慕うて駈けて行く」のを見て、浅ましさで心がいっぱいになる。男はついに山中の棲家を出て、諸国行脚に旅立つ。

菊池にいわせると、その贖罪《しょくざい》が隧道を掘らせた。男が、身を労苦させることで安心を得たいと思ったのだという。

事実として、禅海の発意にも何かがあったかもしれない。しかしそれは作家にとって何の関心もさそわなかった。反対に秀麗な山容をうがち貫き、ひたすら三十年間ノミを打って岩を砕きつづける執念は、人間がもつ、いいしれぬ体内のどす黒い自己への呪いによってしか、出て来ない
——菊池はそう信じた。

人間の業にいたたまれなくなった人間には、秀峰を砕きつづけて自己を破壊することしか生きる術がない、と菊池は断言したのである。

菊池がこの、人間それぞれが背負う業に気づいたのは、近くの羅漢寺に五百羅漢を見た結果ではないか。そこには三千七百体もの、一人ひとり別々に人生をせおった人間の群像がある。だから小説でも了海を羅漢寺に詣でさせようとしたのであろう。

その結果、小説では、天下の名勝が秀抜な山容の裾に、人間のどす黒い怨念のような一筋の道を、帯のようにまといつかせることとなった。

それは、秀抜な物が単純に平和な夢を見つづけられるものではないという、作家の人生観察の目を浴びたからであった。

秀抜な物こそ汚辱にみまわれるといえば、菊池の生身の経歴——エリートコースを歩みながら、友人の罪をみずからかぶるなどしたことが、発想の根底にあるだろうか。

少くとも、こんな汚辱を許容した上でこそ秀抜な峰みねは、その気高さと美しい風姿をより高くそびえさせているという哲学が、いま見えてくる。

開削が美談なら、美談など世間に山ほどあるだろう。しかし話が人間の苦悩の葛藤であってこそ、この峰の名勝ぶりは、一段とまさるにちがいない。

そう思うと、じつは競秀峰こそが、おのれの美を傷つける人間の業を許容し、さらに超然と美しくありつづける存在となる。「恩讐の彼方」にあるものは、競秀峰そのものに他ならないではないか。

菊池は対岸から山容を見つづけながら、わが人生を回想し、秀抜なもののもつ宿命を感得したのであろう。

第三章

川の流れ模様

源流の乳への回帰

有吉佐和子『紀ノ川』
和歌山

もう今は知る人も少くなってしまったらしい。和歌山市街の北西、木《き》ノ本《もと》に有吉佐和子の母方の実家を探して、同行のSさんは、何度も人に尋ねた。

夕暮れ、やっと探し出した実家は、もう建物がすべて取り除かれ、敷地の一部には工事用の青シートがぶざまに広げられていた。何の風情も、芳醇《ほうじゅん》な残り香もない。

わたしは呆然とその場に立っていたが、ふと頭を掠めたものがあった。

『紀ノ川』の冒頭に登場し、全編のシテとして活躍する女・花は、紀本《きもと》家の娘だという。この架空の女主人公の命名は、木ノ本と無関係ではないだろう。

もし事実にもとづくとしても、有吉は母の実家の地名と、花の実家の姓との類似を結びつけずにはいられなかったはずだ。むしろ花の出生の家を「紀州の本」とすることに、木ノ本を応用したのではないか。

小説では紀本家は紀ノ川の上流、木ノ本から直線距離で四十キロの九度《くど》山にある。花はそこから、六十谷《むそた》の真谷《またに》家に嫁ぐ。紀ノ川を三十四キロもはるばると下ってきたことになる。ところが、実際には木ノ本と六十谷は六キロしか離れていない。もし木ノ本と紀本との語呂を乱暴に合せると、六キロの事実空間が、三十四キロの物語をつむぎ出したことになる。

有吉はなぜそのような虚構をしたのか。

冒頭、花が祖母の手をとって上る石段は、慈尊院への石段ではなく丹生官省符《にうかんしょうぶ》神社のそれにちがいない。慈尊院背後の山の社である。すべて虚構上の条件によって事実は取捨選択されているのであろう。

有吉は等身大の晴海《はるみ》華子として登場して、花から華へと紀ノ川をめぐる家史を形成するが、この家史のために、虚構をもって、紀の国の根源の家を九度山に設定し、嫁入りは川を下るのでなければならないという心理的筋道を作る必要があった。そして、花をして五艘の舟をつらねて川を下る嫁入りをさせた。現実の隣村への嫁入りでは、いかにも寂しい。

有吉の想像力は木ノ本から紀本へと川を遡上したのである。

川をさかのぼる想像とは、きわめて神話的だ。じじつ、川の源流、分水嶺には杓《くみ》瓢《ひさご》をもって、宇宙水を汲んでは川に流す神がいたと伝える『古事記』の神話がある。

また昔話でも、桃が流れてきて桃太郎が生まれたという。

ところが紀ノ川の木ノ本にはこの地へ漂泊してきた応神天皇の行宮《あんぐう》がある。つまり作家の原点は、太古から川をさかのぼる漂泊者を宿してきた所だった。

有吉はその地に少女期をすごした。有吉も想像力による漂泊者のひとりなのである。

そうなると現時点の華子が上流にもとめたものが何であったかを考えてみたくなる。神話のように宇宙の水だったのか、昔話のように桃だったのか。それとも別の物なのか。

小説の冒頭はすでに述べたように、慈尊院への石段を上る描写から始まる。ここの弥勒堂には弘法大師の母公を祀り、廟前に乳房形《ちちがた》を奉納して安産、授乳、育児を願う信仰があるという。

近く嫁ごうとする孫娘をともなって、慈尊院に来た祖母の豊乃《とよの》は、かつて、代々そうしてきたように自分が身ごもった時、乳房形を奉納した。

乳房形の奉納はいまもある。少々現実感がありすぎるが、これも信仰の力であろう。

慈尊院に乳房形を納めて拝むことは、後年にも、花が娘の文緒《ふみお》にそれをすすめる件《くだ》りがある。伝統に反逆的な文緒に拒否されると、花は代りに作って持参する。そしてのちには文緒も自分から作って参詣する。

つまり小説は乳への信仰を背骨として語られつづける。

紀ノ川の上流に求めたものは乳であった。

しかも、慈尊院は高野山の入口にあたる女人高野で、空海の母君、大師母公の廟所。寺の守護神とされる丹生官省符神社も、古来の源流神の丹生都比売《にうつひめ》を祀る。

この地を高野山へと遡《さかのぼ》る水路・紀ノ川の終点とすれば、紀ノ川の源流には豊かなる乳への祈念が存在したことになる。

おもしろいことにわたしは以前、近くの加太《かだ》の神社におびただしく奉納されている乳房形のたぐいを見たことがある。加太は木ノ本から西に四キロほどの所、木ノ本の人にとっては生活の範囲である。

弥勒堂の信仰も加太神社の乳房形奉納と一連のものとすれば、こちらは、女人高野の乳房形奉納といえる。ここにも現実の木ノ本から着想された信仰の、小説への純化がある。

それに引きかえて作者自身は河口の人である。河口の人らしくわが身をモデルとした華子は外国生活の経験もあり、徹底した近代思想の実践者だった母・文緒の影響も受けていたはずだ。けして女人高野の信仰に生きるだけの人物ではなかった。

しかしその人物が、乳を中心とした生を貫いていった過去の女人の生き方に心ひかれることも近代人の宿命であろう。

流れるにしたがって、複雑になり混濁を濃くせざるをえない川の下流から、純正な上流へと幻想の旅をつづける、そんな神話体験を有吉は乳への回帰として、この小説で描いたのである。

それでは華子は宇宙水を汲み、桃を拾う代りに乳への信頼を手に入れられただろうか。だれもが傑作として絶賛する『紀ノ川』の末尾は、和歌山城の十円玉望遠鏡がカチャンと切れてしまう描写である。もう紀ノ川の遠望は十円玉望遠鏡でしか見られない。しかも容赦なく時間で消されてしまう。それが近代だという批判である。

そしてまた、川だけは「翡翠《ひすい》と青磁を練りあわせた」色合いで流れるのだが、風景の荒廃はひどい。

これらの中に乳の原点はない。

片や「茫洋《ぼうよう》として謎ありげな海」が裸眼で見える。むしろ乳の連続は海に期待されるといいたいのだろうか。

連続の謎も、神話にみちていないではないか。

螢となる雪

宮本輝『螢川』
富山

富山、そこに春の終りの大雪が降ると、夏のいたち川の上流には大量の螢が発生するという。それは一生に一度見るほどの壮観で、狂ったような乱舞らしい。そう少年竜夫に告げたのは、七十五歳の建具師、銀蔵である。

竜夫はほのかな慕情を寄せる英子をさそい、母の千代と銀蔵が同行して見にゆくこととなる。千代には、愛を感じない夫を捨てた過去がある。そして初老の重竜《しげたつ》と再婚した。精悍な事業家の重竜に魅かれ、すでに竜夫を身ごもっていたからである。

しかしその後重竜は、ことごとく事業に失敗して極貧の中で脳溢血に倒れ、ついに死んでしまう。いま千代は、重竜の友人の旧情にすがりながら、細ぼそと暮らすばかりだ。

その上、臨終の時に重竜が前妻の名をよんだのではないかという疑念も消えない。

案内役の銀蔵もすでに息子を失い、いまは娘夫婦と暮らす生活である。

いや、こうした人生の翳《かげ》りは少年竜夫の周辺にもある。親友の関根はすでに母を喪っていて、その出棺の時、関根の父は棺にすがって小柄な体をふるわせて号泣したという。

その後、当の関根自身が溺死体となって神通《じんつう》川に浮かぶ。竜夫同様に、いやむしろ積極的に英子を好きだったのが関根である。

残された父ひとりはまともでいられないのが、ふつうだろう。彼は気が狂ってしまう。息子から「教養がない」と、ののしられた洋服屋だった。

こんな中で、しかし竜夫は心を蝕まれていない。むしろ千代の蔭に庇護されすぎているのだろうか、英子の面影ばかりを求め、出すことのできない手紙を持ちつづけていたり、関根からもらった英子の写真を持ちあぐねたりしている。

作者は千代の愛情の大きさを言おうとするのか、初心《うぶ》な少年のひたむきさを描こうとするのか、竜夫の英子への思慕にだけ柔らかなスポットライトをあたえつづけて、小説の筆をすすめる。

『螢川』はこんな群像を明滅させながら、中心をいたち川上流の螢へと絞っていく。いたち川そのものが富山市を南北に貫きながら日本海に流れこむように、小説の中でもいたち川は冒頭から姿を現わし、小説の要所要所にちりばめられて存在を示しつづける。時として、

> 立山に源を発する清流も広大な田園を縫って枯渇《こかつ》し、街々の隅《すみ》を辿《たど》って濁りきると、いつしか、いたち川などと幾分の蔑《さげす》みをもって呼ばれる川に変わってしまっていた。そしてそれは正しい呼称ではなかった。上流ではまた別の名で呼ばれ、竜夫の住むところよりもっと下流ではさらに違う名がつけられた浅く長く貧しい川であった。

と描かれるように。この描写が主人公たちの住む世界とほぼ重なるところに、川が背負わされた象徴性がある。

いたち川の上流に何十年かに一度、夢のように現われる螢。それへのあこがれとは、主人公たちの世界の濁りや蔑み、浅く長い貧しさから遡った一夜への幻想願望だったのである。

ある一日、わたしはそんな思いを心に抱きながら、いたち川が神通川に導入されて消滅する終点から、上流に向けて川べりをたどってみた。

川は沿岸に湧水をいくつもともないながら、数多くの橋の下をくねくねと曲折を重ねつつ流れる。

そしてこの川ぞいが立山への登拝道であり、雪見橋という北陸街道と交差するところからは、雪の立山が望見されることを知った。

小説にも登場するとおりに富山地方鉄道の線路をこえる辺りには、「右立山《たてやま》道」という道標も残り、風情は急に原野を流れる川の趣を帯びる。

さらにいたち川に沿って常願寺《じょうがんじ》川に到ると、その勇壮で広い流域の彼方に、立山の尊厳な連峰を仰ぎ見ることができる。螢の夢幻の景は、この聖山へと川を遡る途中で、初めて納得される光景なのだということが実感された。

重竜はうわ言しかいえなくなった病床で、「ゆきが、ほたるよ。……ゆきが、ほたるよ」といって竜夫のベルトから手を離さなかったという。

そう、もう桜も咲こうという四月に大雪が立山に降って、それが街では桜の花片と化し、夏には螢に姿をかえたとしても、何らおかしくない。銀蔵はこう言う。

「いたち川は常願寺川の支流でのお、それでこの川にも、春から夏にかけて立山の雪解け水がたっぷり混じっとるがや」

蛍の乱舞は交尾のころだという。銀蔵、千代、英子そして竜夫の四人はいたち川を遡り、ついに「切ない、哀しいばかりに蒼く瞬いている光の塊」に出会うことができる。

「交尾しとるがや。また次の蛍を生みよるがや」という銀蔵の喘いでいる口調を、小説はみごとに終末の描写へとつなぐ。

突然の強風が蛍をあおり、蛍の光の粒が英子にまとわりついて、胸元やスカートの裾から中に押し寄せる。「竜っちゃん、見たらいややァ……」といいながら英子はスカートの裾をもちあげてあおった。先立って竜夫が英子を自慰の時に思いうかべていたとある伏線が、ここでみごとに照応させせられたのである。

何十万もの蛍が英子の体から生み出されるように、竜夫は思う。

一方、千代には三味線の幻聴がおこる。

三味線の幻聴は、かつて重竜と旅をした時、越前の濤声《とうせい》の中からひびいてきた。いま同じ幻聴の中で千代は悲鳴を発し、螢の綾《あや》なす妖光《ようこう》が人間の形で立っているのを目にする。

死者の魂は螢になるという。螢となっていた重竜がいまよみがえってきたのである。片や若い竜夫には螢は生の誕生をうながす性の象《かたち》に見えたのだが。

螢の生と死をめぐる乱舞とは、立山の雪が変化《へんげ》の物となって狂乱することらしい。

これはもしかして、鼬《いたち》のしわざだったろうか。

強いられた水との戦い

杉本苑子『孤愁の岸』
桑名

「輪中《わじゅう》」とよばれる土地にわたしがはじめて接したのは、桑名から車を走らせて、木曽川と長《なが》良《ら》川、揖斐《いび》川が合流する地点に達した時であった。輪中とは、共同で堤防をきずき、水災を防ぐ村落のことで、海抜より低い土地もある。

三川が合流する河口近くは、河口というよりむしろ海のような広がりをもって、一面の風景が展開し、その中に点々と輪中が横たわっている。整備される以前は、無数の洲が大海のごとき川のあちこちに、浮いていたであろう。

小さな洲はまるで垣根をめぐらしたようにまわりに葭《よし》が生いしげり、葭は漣《さざなみ》のように風にゆれる。しかし、それを見ながら、長良川と揖斐川を分ける、細長い洲に車を走らせる時、この牧歌的な風景からは想像もつかない難工事が、かつてここで行われたことを想い出していた。

その、辛酸をなめた宝暦の治水を端緒とする難工事のおかげで、今の楽園もきずかれたのだった。

宝暦の治水とは宝暦四（一七五四）年から五年にかけての薩摩藩を巻きこんだ「お手伝い普請」で、薩摩藩士九百四十七人をふくむ二千人の人員と、総工事費四十万両をついやした三川分流工事だった。

なかんずく難工事だったのは三川が漏斗《ろうと》状に流れこむ油島（現海津市）と長島（現桑名市）の間の、木曽川と揖斐（伊尾）川を分流させる油島千間《せんげん》堤の築造で、油島から南下する堤五百五十間と、南の長島から北上する二百間の堤を築いて、中間をあける工事だったらしい。滔々《とうとう》と流れ下る大河を相手とした作業である。命をかけた重労働が強いられたであろうが、彼らはみごとに任を果たした。

この分流堤はいまも細長く南北にのび、絶好の景勝を展開する。国道一号線から分かれる一〇六号線も北上して油島まで、この中央を走る。

功おえた後、藩士たちは記念の松を植えたという。それがいま何代かを経て「千本松原」を作っている。

その中には治水神社があり、難局を指揮した総奉行、平田靭負《ゆきえ》を祀る。彼は部下に八十四名もの死者を出したことの責任をおって、竣工の後割腹自害した。五十二歳。側近の少年も殉死した。

治水神社の垂れ幕に薩摩の紋所が描かれているのが、わたしの目にしみた。


さて、この悲劇を杉本苑子が大作『孤愁の岸』に描いた。情熱をこめた八百枚の小説は世の賞讃をあび、直木賞を受賞した。

それでは杉本は宝暦治水に題材を求めて、何を描こうとし、世間は何に感動をしたのか。

一つにはお手伝い普請なるものの正体がある。当時の幕府は財政が乏しく、公儀普請とよばれる幕府自弁の工事ができない。そこで関係諸藩に補助金として工事の分担金を求めて行う国役《くにやく》普請をする段取りになるが、それすらできないともっぱら大名の資金と労力によるお手伝い普請をすることになる。

いや、これには、外様大名の財力の衰微を狙う大きな目的もあった。

薩摩は工事を完遂したものの、この折の散財で以後五十年の困窮を招いたという。もちろん薩摩が拒否すれば幕府との戦いをさけるわけにはいかない。

作者をつき動かしたもののひとつに、この理不尽な権力からの圧迫があったことだろう。

ついで杉本は、工事の進行にまといつく宿命的な汚辱といったものへの観察を怠らない。靭負たちはまずは幕府からの工事を「村請け」から「町請け」へと切りかえる努力を考える。「村請け」には、利益を中間搾取する仕組みがまつわりついている。これを改めれば十五万両の冗費が浮く。

これまた現代も変わることのない、人間社会の欲望の構造であろう。普請の受注体制の変更が小説に長く話題として持続されるのは、主題の重さを語るものにほかならない。

また作者は「奸商《かんしょう》」とよぶものも筆にの

せる。

事情が入り込んだために役人が帳簿の旧受注を消し忘れた。そのせいで、ある商人への支払いが二重払いになってしまった。しかしよくみると二度の支払いの受領印が異っている。つまり偽の印で二重の受取りをたくらんだのである。この「奸商」のために八百両がだましとられた。

薩摩が権力の圧迫に抗しきれず働いているのも何のその、利益をせしめるためにはどんな手でも使うという商人の奸知も、巨額の金が動くときの常であろう。

しかもこうしたばあい責任を負った自害者が出る。そこに杉本の第三の主題がある。すべては連帯で動いているから、一連の失敗や共有する苦悩、また忠実に主人に仕える部下がせおう殉死の念。これらがこの小説にはおびただしく描かれている。

じつは桑名市の海蔵寺には靭負の墓があり、その両翼には工事に殉じて死んだ二十四名の墓が並ぶ。また岐阜県養老町の六角堂には病死した仲間、下人の二十四名が葬られている。

これらの人をつないでいた血縁、そしてそのゆえに流した血、いわば「血の連鎖」といったものが、この小説にはみちみちている。

わたしには、「お家」のために結束した者たちの血の連鎖こそ、この傑作の骨格として据えられた、最終の大課題だったと思われた。

難工事の完成という事実を描きながら、この小説が終始人間を語りつづけることも、一連のものであろう。

もとより、「人間とは何か」を問いつづけるのは文学の基本であろうが、治水といえば中国の聖人、禹《う》以来の課題である。とくに山国日本の河川統治は、いまだにこの国の大きな課題である。

日本の作家たちはこもごもに風土を作品によって語る。その中で、この小説は「水と日本人」を、しかも「お手伝い普請」という臨界状況の中で語ろうとした名作だった。

そのことを思うわたしを、「孤愁の岸」はいつまでも立ち去らせようとしなかった。

郷愁の渡《わたし》の風景

伊藤左千夫『野菊の墓』
松戸

フーテンの寅さんで有名な柴又《しばまた》の帝釈天《たいしゃくてん》から対岸まで、江戸川を横切る小さな渡し舟が出る。十人も乗ればもう満員になってしまう小舟だ。船頭がひとり櫓をあやつり、のどかな川面を船はゆらゆらとすすむ。まっすぐ渡れば、ものの数分もかからないだろう。

ところが、千葉県がわの岸から堤防にあがってみると、風景は一転して一望の田野をひろげてみせてくれた。おだやかな日射しの中で、名産の矢切葱《やぎりねぎ》もしっかりと茎を伸ばしている。背景に、低くつらなるのは矢切の台地である。その南、右手は市川の台地へとつづく。

ある日わたしはこの風景の前に、しばらく時を忘れていた。正面の矢切台地は『野菊の墓』の舞台である。小説によると主人公の家は「矢切の渡を東へ渡り、小高い岡の上でやはり矢切村と云ってる所」の斎藤だという。

しかも斎藤家は旧家で由緒を誇り、村一番の忌森《いもり》に守られた屋敷である。もう木目《もくめ》も判らぬほどに黒く古びた柱は残らず椎の木。戦国時代の遺物のような古家で、欄間《らんま》には大きな雁の釘隠《くぎかくし》が打ってある。

重厚な存在感をもって時間を重ねてきた家であった。その家は、東京という大都会の喧騒に対して、江戸川の水流によって防禦《ぼうぎょ》され、広く豊かな田園によって保護される台地の上にあったという。

そもそも『野菊の墓』は十五歳の少年政夫と二つ年上のお民との、淡い恋物語である。しかしこの恋は旧家の親や親戚の者たちの反対によって実らない。政夫に知らせないままに民子は結婚させられ、政夫の写真を抱いたまま若い生涯を閉じる。のちに死を知った政夫は民子の墓にもうで、お互いに好きだった野菊を墓にたむける。

清純な恋とそのはかない結末に、読者はみな涙するが、さて、なぜみんなが泣くのか。

世俗によごれてしまった大人たちは、そうだ、そんな昔もあったと、もう戻るすべもない自分に気づいて泣くのではないか。

若い読者は、やがて同じような未来をたどって青春に訣別するだろうという予感が、胸をしめるだろう。

確実に夢でしかない人生の風景。それは都会を背にした矢切の渡の先に、夢のように浮かびあがる台地の中にこそ、抱きかかえられた幻景として見えるもののように、わたしには思えた。

「矢切村の斎藤」という旧家など、じつは実在しない。主人公の斎藤という姓は伊藤から思いついたもので、先にあげた旧家の造りに左千夫の生家が反映しているとしても、左千夫の生家は遠い成東《なるとう》の地にあって、矢切ではない。

矢切台地の中にはモデルとなったらしい家も、政夫が民子を待ったという、村はずれの坂の降り口の大きな銀杏の樹も定かでない。

小説には「家より西北《にしきた》に当る裏の前栽畑《ぜんさいばたけ》」として茄子畑があり、そこからは「利根川は勿論中川までもかすかに見え、武蔵《むさし》一えんが見渡される。秩父から足柄箱根の山やま、富士の高峯《たかね》も見える」というが、そうした所が矢切にあるとは、だれにも思えない。

そして何よりも、矢切から遠い所として設定される「市川」はどこにあるのだろう。

民子は市川の親戚から手伝いに来ていた。そして市川へ戻され、そのまま死んでしまう。小説ではこの市川を「船で河から市川へ出るつもり」で矢切の渡へ降りたとか、「陸路市川へ出て、市川から汽車に乗った」とか「夢のように二里の路を走って」いったとある。

最初のものは政夫が学業のために離郷し、民子と涙をこらえて別れる場面、つぎはついつい会わずに千葉へ出た時、そして最後は訃報に接した後である。

つまり状況によって距離がたくみに伸縮する。実際に市川は矢切の隣なのだから、すぐ近くだ。二里などむかしの人にはなにほどのこともあるまい。

そうなるとすべての場所はいっさい事実と関係なく、小説上の役割によって創造されたり、移転させられて並べられたものだということになる。

それでは何を基準として舞台が組み立てられたのか。

あの、矢切の渡から東を見た時の幻景が舞台として設定されたと、わたしには思えた。

右にあげた風景の中で茄子畑はもっとも二人の心が近づく場面である。そこは利根川も富士も望見されるような、心ふくらむ場所でなければならない。

もう一つ、二人が恋愛感情のクライマックスを迎える場面は、遠い山畑でともに作業をする場面で、そこは水をくみに谷川にまで降りなければならないような山合いだとある。

実際にそのような山地が、矢切から日帰りできる所にないわけではないにしても、この場面は、緊密に閉じられた山中の谷間らしく描かれている。架空に近いような深山であるほど、効果は大きい場面である。

これまた矢切の渡から台地を望む、その遠景に空想した夢のような山合いだったのであろう。

じつはこれらは伊藤左千夫のいつも胸に抱いていた、望郷の幻景だったのではないか。

伊藤左千夫は長く東京に学び、住み、家業にはげむ。死も東京で迎える。この生涯の中で、間近な故郷は近いなりに望郷の念をかき立て、矢切の渡を節目とする故郷と異郷が、胸に棲みつづけたであろう。

あの展望こそ、『野菊の墓』執筆の前後

を問わず、左千夫の原点だったにちがいない。

左千夫はいま亀戸の、普門院の一隅に眠る。過日、ここを訪れた時は、ようやく静寂な薄暮が、あたりに迫ろうとするころであった。

なぜかこの薄暮は、やさしく胸にいまも残っている。

泥の川の人生

織田作之助『夫婦善哉《めおとぜんざい》』
大阪

大阪は巨大な水の町である。淀川と大和川の間に広がった市街は、幾筋もの運河によって結ばれ、人びとは水路を利用する物資の交流によって、生活を営んできた。

物が動けば経済が発展し、毎日は活気をおびる。住民の気質も沈滞をきらい、動いてやまない。

川の町に生きる人間の生態は川に流れこんでしまった水とひとしい。

ひとときもじっとしているわけにはいかず、たえずいっしょに流れ、押し寄せ、揺らぎつづける運命をもってしまう。

大阪に住むとは、こんな水の一部になることに他ならない。しかもこう大河となり、人家がひしめき合うと、川は泥の大河になってしまう。

その上この町には天皇の御所があったわけでも将軍がいたわけでもない。大名さえいない。何百年も自由をつづけてきたのだから、一人ひとりがしたたかな生活感覚を受けついでいる。

大阪の町は、よくも悪くもそんな生活を生んできた。雑然として多少猥雑《わいざつ》なまでに騒音にみち、通行人どうし肩をぶつけ合って歩く。大仰な赤提灯、奇妙な店がまえ、巨大な広告のネオン――、こうした町にわくわくする人でなければ、大阪の住民にはなれない。

とくに道頓堀《どうとんぼり》付近の町には、大阪の表情が溢れているから、ここを歩けば大阪の大事な一面がわかる。黒門市場《くろもんいちば》の中に十円コーナーがあるのに、わたしは驚いたことがある。スカートが吊るしてあった。

松竹座の横でヨーロッパのツアー集団を見かけた。名所旧蹟の見物ではない。ただ町を歩くことで大阪ツアーが成り立つとは。わたしはいたく感心した。

じつは二十年ほど前、法善寺横丁の正弁丹吾《しょうべんたんご》亭という小料理屋につれていかれたことがあった。今は、火事で焼けた後に建て直した店があるが、昔は狭い小さな店だったと覚えている。

この小さな店の名が「小便担桶《しょうべんたご》」をもじったものだというのに仰天した。昔から大阪は、関東と違って小便を大地に垂れ流しにしない。きちんと桶に入れて農村に売る。小便まで商品なのである。

そもそも長屋というものが、この仕組みによってなり立つ。家賃を安く住まわせても、大量に小便などがとれるから、計算が合う。

それにしても、これを屋号にするしたたかさが、大阪である。

このしたたかさに支えられて、織田作之助の小説『夫婦善哉』が誕生した。

大阪南区の魚屋に生まれた織田は、両親の婚姻が未届だったので伯父の戸籍に入れられ、一時極貧生活を送ったこともある。

日本が太平洋戦争に突入する前年、昭和の日本が何とか保っていた平和が、崩れる直前のことだ。織田は他ならない法善寺横丁あたりを素材として、名作を書いた。

主人公は芸者上がりの蝶子。腑甲斐ない男の柳吉《りゅうきち》に惚れ込んで、家を出た柳吉と所帯を持つが、柳吉の正妻の手前籍にも入れてもらえず、正妻の子からは白眼視され、柳吉の父の死に目にも立ち会わせてもらえず、せっせと稼いだ金は、すぐに柳吉の芸者遊びに消えてしまう。

それでも蝶子は結局男を許す。理屈は何一つ通っていない。しいて言えば蝶子が柳吉の腑甲斐なさに滅法弱いというだけのことだ。

人情もろいことの、何という逞しさだろう。

この逆説が庶民の町の底辺に住む女の生き甲斐なのである。「惚れる」ことがこんなに人間の生き方に筋金を入れるとは、今までどんな思想家も思い及んだことがなかっただろう。どんな哲

学者も道徳の教室の先生も、それを思うと自分の無力さに絶望するしかない。

しかもこの小説のしめくくりがいい。

蝶子と柳吉が「法善寺境内」の「めをとぜんざい」を食べにゆく。一人前で二杯ずつの「ぜんざい」が出る。柳吉は「一杯山盛りにするより、ちょっとずつ二杯にする方が沢山《ぎょうさん》入っているように見える」からだというが、蝶子は「一人より女夫《めおと》の方が良

えいうことでっしゃろ」という。もちろん軍配は蝶子の解釈にあがる。

甲斐性なしの柳吉は一人では家業がつとまらない。蝶子も柳吉なしでは生きていけない。夫婦はそれぞれ別の存在でありながら、二つ揃わなければ成り立たない。しかし、そうでありながら、別々の椀の白玉は男女のそれぞれに漂っている月のように見える。

経営者が変りながら、夫婦善哉屋は今でもある。注文すると細長い盆に椀が二つ運ばれてくる。一椀に一つずつ白玉がぽっかり浮かんでいる。思わず歓声をあげるほどに、見た目にも美しい。まさにほろ苦くも楽しい人生を生きる本音の人生を、織田は「夫婦善哉」で美しくまとめたのである。

夫婦善哉はふしぎな人間どうしの人間善哉である。

法善寺の一角に水をかけながらお祈りするお不動さんが立っている。絶え間なく水をかけられるものだから、全身苔がびっしりで、形相も定かではない。一見グロテスクだが、善男善女が次つぎと生真面目な顔をして水をかけては、何やらブツブツと唱え言をして願をかけているから、わたしも杓子《しゃくし》で水をかけてブツブツと言った。

ちょうどこの日は月一回の護摩《ごま》法要《ほうよう》の日だった。なにやら物ものしい修験者《しゅげんじゃ》ふうの男たちが不動明王を囲んでいて、近づいたわたしたちにギョロリと目を向けてきた。

そうだろう。ここにあるものはただ日常の暮らしであって、物珍しげに闖入《ちんにゅう》してくる観光客など、余計者なのである。

日常の生活と日常の信仰と、それに寄せられる疑いもない信頼感。その確かさが庶民の町の原点にある。

蝶子も柳吉も、ここで何度水をかけたのだろうか。

そういえばやはりこの二人も、揺れやまぬ大阪の水のような泥の川の人生を送っているのだと思える。

第四章

野に展開する陰影

縄文幻想

新美南吉《にいみなんきち》『ごん狐』
半田

いま半田市とお隣りの阿久比町《あぐい》との境ちかくを、矢勝川《やかち》が流れる。その土手にのぼってみた。川はゆるやかにあたり一帯に田園を展げる、村の小川であった。

『ごん狐』でいう「村の小川」はこれにちがいない。川は上流の溜め池、半田池から流れ出て、阿久比川に到るという。しかしこう水が管理される以前、あたり一面は湿原もあり野づかさもあって、さまざまな生き物が草むら深く棲んでいたことだろう。

小説の主人公はごんという名の狐である。視野のかなたにこんもりと姿を見せるのが権現山。山の西には西狐谷池があるという。主人公の名「ごん狐」はそこから誕生したはずだ。人びとは権現さまを信仰し、お狐を権現さまの正体とすることもあったか。広びろとした野の、動物や植物と神さまとの共同生活は、ついさきごろまで長く営まれてきたにちがいない。

新美南吉の鋭敏な嗅覚とやわらかな心は、この野が内蔵する生き物たちの生態を、まるで縄文時代までさかのぼるほどに、感じとっていたのではないか。

ただ、この平野が縄文時代に果たして存在したか。なかったかもしれないが、もちろん南吉の心が描く風景を、わたしは縄文幻想といおう。

東流する矢勝川の南側、下流に南吉の生家があり、三キロをおいて上流に養家がある。この間のなだらかな原野の起伏が、少くとも少年時代の南吉の創作の揺籃《ようらん》だった。

いま、その中央あたりに南吉の記念館がある。しかも建物はこの起伏に沈み込むように屋根の上を芝でおおい、自然に身をゆだねている。まるで南吉自身が野の生き物と化したかのように。

そういえば、狐のごんは作者自身のように思える。ごんはちょっとしたいたずら心から兵十《ひょうじゅう》がとったうなぎを盗み、もしかしたら兵十の母を悲しませ、そのまま死なせてしまったのではないかと気をもむ。

そこでせっせと魚や栗、まつたけまで兵十の家にとどける。

しかしそれはかえって、兵十に盗みのうたがいをかけることになる。そしてある日、ごんは兵十に見つかって銃でうたれてしまう。うなぎを盗んだ悪い狐だからだ。一方いろいろと物を届けてくれたのもごんだったことに、銃をうったあとで兵十は初めて気づく――。

こうした小説を南吉はなぜつづったのか。おそらく、動物の善意などすこしも人間には通じないことを、いや人間どうしだって善意は通じにくく、憎しみ合ってばかりいることを、彼が心から悲しんでいたからにちがいない。

太古、この原野には美しい協調によってあらゆる生き物が、心ゆたかに暮らしていたのに、人間は原野を水田にかえ、町をつくって動物たちを山へ追いやり、もっぱら狩猟の対象にしかしなくなった。そんな歴史へのごんの悲しみを、南吉は代弁しているのではないか。

南吉の悲しみの心が、半田の平野を縄文の昔へ返したのである。狐も人間も会話できることばをもっていた縄文の世界へ、と。

縄文への幻想は、それではどのように南吉の中にはぐくまれていったのか。

じつは生家は、知多半島を縦・横断する二つの街道が交差するところにある。常夜燈をいまの

街燈だというのは安易すぎるが、生家の前にある常夜燈は文化五（一八〇八）年建設というから、この土地の文明度は高い。しかも街道に面した生家は畳と下駄をあきなう商家で、南吉十一歳の時に購入した「はなれ」までもつ。けして貧困な家庭ではない。

　ここは前に述べた矢勝川南の田園とは別の趣の、「町」であった。

　しかしこの「町」の子が「野」の幻想へと誘いこまれていった仕組みは、すぐに知れた。「はなれ」は旧城主中山氏の菩提寺、常福院のまん前にある。そして隣接地は岩滑《やなべ》の氏神である八幡社。当然のことながら神域には亭々《ていてい》とそびえる大樹が樹群《こむら》をなし、安静の樹蔭を提供している。南吉が昔話を聞いたといわれる若衆倉も境内の前にあった。寺域には累代の墓が並ぶ。城主のそれか否か、中山家のものも見られた。

少年南吉の多感な心を養い育てたのは、この木立深い神仏の領域だったのであり、やがて南吉が病床に伏し、死を迎えた「はなれ」もそれと道一つへだてた所であった。

彼はあの縄文を秘めた原野を客観的に眺められる「町」にいて、それでいながら太古への心を陰翳深く育ててくれる緑蔭も、併せもつ幸運を得ていたのである。

それればかりではない。養家に立ち寄ると、そこはいま空虚な旧屋であった。傍らに土蔵を圧してそびえる巨大な山桃の木は、樹下にやわらかなしとねを敷くようにおびただしい実を落していた。それにつづく深い竹藪。南吉がおびえたであろうほの暗さもそこから察せられた。

養家の構造は、南吉を幻想の世界へさそっていく、申し分ない装置だった。

この家は「村の一番北」にある。先ほど述べた原野の北をくぎる場所にあったから、幻想を集約する洞穴のように思われたのではなかろうか。

こんな幻想の領分をあたえられて、南吉は生い育った。

しかし彼はあまりにも早く生をとじた。が、かえって二十九歳の死にいたるまでの十五年間に限られた創作は、少年時代に見つめつづけた原野の根源の、縄文的生態をみごとに結晶させつづけた。

鎮守の森に抱かれることで、目は清純に澄んでいった。養家という空洞は、大地が秘めた生き物たちの自然なうごめきを、南吉にのぞきみさせた。その幻景の中に、生き物たちが生きいきとよみがえってくる原野の草葉の輝きがあり、月光の夜の明るさがあった。

文明や人間の小賢しさによって汚されてしまった現代の中で、なお美しいものを求めつづけた作家が新美南吉だった。

『ごん狐』ばかりではない。『最後の胡弓《こきゅう》弾き』でも死者が胡弓をきいてくれたように、失われたものはつねにやさしい。

わたしが記念館を訪れたのは、明るい空気の中で時折り小雨がぱらつく日だった。一望の景色が切ないほど透明だったのは、おそらく野と、南吉の心の明るさとの協調によるのではなかっただろうか。

「はけ」にもつれる蝶

大岡昇平『武蔵野夫人』
東京・国分寺

広大な武蔵野の起伏は多摩川に近く南端の断層線をつらねて、多摩川にそそぐ小流、野川《のがわ》ぞいに延々と長く緑の断崖を見せる。

じつは野川自体がそうであるように、断層がローム層によって湛えられた水をにじませて排出し、また各地に湧水をあふれさせてきた。

これらの排水をいう「はけ」が、崖線《がいせん》下の地名となることはすぐ想像されるだろう。そのひとつ、国分寺崖線の「はけ」が、名作の舞台となった。

小説によると宮地老人とよばれる旧士族の官吏が、ここの湧水を含む窪地一帯の千坪を手に入れる。高台からの眺望を愛し、湧水と樹木が作る崖の変化が気に入ったのであろう。大正末年のことらしい。

しかし日本には、その後戦争という嵐が吹き荒れた。そして敗戦。資産も危くなる。その上、老人は男の子ふたりがともに若くして死に、末子の道子だけが後に残される。敗戦後の生活難に、宅地も一部を老人の妻の甥、大野に売る。そこで老人の死後、「はけ」の邸には、道子夫婦と甥夫婦とが隣り合わせに住むこととなる。

こうして、「はけ」の優雅なたたずまいを壊していった「戦後」は、さらに住人の心の中にもしのび込んでくる。折しも復員してきた道子のいとこの勉は、人妻の道子に恋し、道子の夫・秋山は大野の妻・富子と関係をもつ。

これらの糸をあやつるように作中に仕掛けられるものは、恋愛論をもって名高いスタンダールの名前であり、夫婦の義務、夫

の権利、一夫一婦制といったことばである。

すべてが、みごとなばかりの、戦後風俗誌といっていい。いわゆる戦後《アプレゲール》の思想の猥雑《わいざつ》さと無秩序さがいかに人びとを淫蕩《いんとう》にしたかが、痛烈に皮肉られている。

「はけ」に徐々にしのび寄る崩壊は、資産ばかりではなかった。敗戦を経た人間崩壊がそれに歩調をあわせることを、作者は武蔵野のひとつの風景としたのである。

そして、あげくの果てには、道子がたった一つの頼りとする「はけ」の家屋の譲渡委任状と権利書が、秋山によって持ち出される。秋山はこれによって「はけ」の家屋を処分し、富子との新しい生活をはじめようと目論《もくろ》んだからだ。

道子としては、もう生きているあてもない。催眠剤を大量にのみ、勉の名をよびつつ息をひきとる。名家もここに終焉をむかえる。

いや、高貴なるものの没落は、それどころではない。同時に、辛うじて名家に囲われることによって生き長らえてきた武蔵野の一画の風情も、昭和という時代は存続を許さなかったと、作者は告げる。

いまさらに作後半世紀、一面の宅地化が無神経に風情をおしつぶし、田畑はまったく消え、風景は平板に広がるばかりだ。崖の上には学校やグラウンドばかりが並んで見える。わずかに岩崎彦弥太が一時住んだという「殿ヶ谷戸庭園《とのがやと》」が小ぢんまりと一画を守っているが、もちろん武蔵野とよばれる大空間は連想できない。

こうして小説は家の崩壊を、普遍的な自然への見透し《パースペクティブ》の中におく。

だから「はけ」の地形こそが大切な主題であり、宮地老人の家の歴史は、そこに演じられた、ささやかな人間ドラマに過ぎないというべきだろう。

「はけ」の自然は人間の瑣事《さじ》をこえて、悠然と存在しつづけるではないか。

名家の没落を描きながら、じつは作者は「はけ」を大きな地形の上からとらえようとするのである。

作者自身、敗残の兵であった体験が知られているし、作者は兵としての地形の見方を作中にちりばめて、地形を克明に描く。実際に、のちに地形学会の会員になったほど、作者は、地形に関心があった。

しかも地形を見る視点を、斥候《せっこう》を事とする兵であった勉に託したことは、いわば黒衣の目から無機質に、精密な地形を提供させることに成功した。そのうえ、勉は一旦「はけ」を出た帰還兵であり、まったく無縁の者ではない。

無縁と有縁《うえん》の間を出入しつつ、黒衣の彼は、斥候のように身を隠して情況を観察した。

そこで斥候が見た「はけ」の重大な地形が告げられる。「はけ」は「鳥の通い道」であり「蝶の道」だったと。暑い七月のある日、秋山と道子と勉の三人の目の前に雌雄のアゲハ蝶が飛んできて、もつれ合う。道子と勉は、それぞれ二羽を自分たちの関係になぞらえて見つめる。

その二人の姿を見て、秋山は嫉妬する。

もつれ合うアゲハの行方を追って、秋山は外へ出る。すでに蝶の姿は見えない。一方勉と道子は眼を合わせて、愛の力がわくのを覚える。

その時点でもう蝶は蝶ではない。もつれ合う情念の黒い化身であった。

わたしは、この蝶の飛翔のみごとな比喩に感動した。

地形が意味するものまで見えてくる斥候の目には、蝶すら地形の一部だということだ。

蝶の描写に先立っても、鳥が葉簇《はむら》を揺がせる珊瑚樹は、宮地老人が「人肌のように艶のある幹の色を愛していた」ものだった。

愛の形として提出される蝶。人肌を思わせる珊瑚樹。これらを演出する地形は、かりに宮地家が滅び、宅地が人手に渡って宅地群の中に埋没したとしても、いささかも変化しないだろう。住人たちの愛のしがらみこそが家を崩壊に追いやったものに他ならないが、しかしそれは「はけ」の自然にとって他愛もないことだ。

「はけ」には鳥が通って来、蝶がやってくる、地形が必然とする生理がある。宮地家の断絶も住人の恋の破滅も「はけ」の生理の一部なのである。

斥候にはそれが見える。

茶畑という人間模様

平岩弓枝『おんなみち』
掛川

東海道新幹線を掛川で降りると、わたしは、くねくねと曲る大井川沿いの山峡を、タクシーで川根へと向かった。いまだにおもちゃのような大井川鐵道が、観光客の人気をあつめて走る道だ。

次つぎと現われる山の、肩が切れるたびに、雨に濡れた茶畑が緑色の潮のうねりを展《ひろ》げる。山の起伏につれて波状に山腹をとりまき、傾斜によって行先をかえる緑の水脈。

その茶の海は大井川を川根まで遡っても、尽きることを知らなかった。いやこの日は一日、佐夜の中山まで足をのばして周囲を見つづけたのに、風景は茶畑の他にはなかった。

そして茶畑は、まるで雨に手蒸しにされながら、ひそかな成熟をとげつつあるかのごとくであった。

じつはわたしが川根を訪れたのは『おんなみち』の主人公のひとり、矢部信吉がここの茶園の息子とされているからだった。

若き日、信吉は家が代々茶をおさめる茶商、静岡きっての名家清華堂の娘世津と出会う。一たん駈け落ちまで企てるが、許婚者《いいなずけ》のいる世津と結婚することはできない。家の格式も違う。

しかし信吉は生涯をとおして、老舗を守りつづける世津を周辺から助け、三十年を超える間、ともどもに恋心を「埋《うず》み火のように抑えて来」る。

やっと結ばれる日が来た。ところが程なく信吉はロンドンで交通事故死をとげる。帰国した骨壺を抱いて世津は号泣する。——

この世津と信吉との歳月はさながら、良質の茶が、寡黙に育てられひっそりと白い花を咲かせ、緻密な葉が摘まれては芳醇な茶となっていく歳月のごとくであった。

この歳月の原点となる川根とはどんなところか。小説を読みながら、わたしは激しく川根に心魅かれた。

すでに江戸時代から聞こえた茶どころだった川根は、かつて秘境に近かっただろう。川根の男たちは茶袋を背負い子で背負って山越えをしたり、舟で大井川を下ったりして茶を静岡へ運んだという。

律義な老人として描かれる信吉の父の中にも、川根の秘境の俤がある。世津と駈け落ちまで約束しながら、何もできなかった信吉。それでいて、「少年の日のあの白い茶の花のような思い出を」捨ててしまえない信吉。これも川根の茶畑のひそやかないのちそのものではないか。

それらを想いめぐらすのに、雨の川根は、申し分なかった。おまけに大井川鐵道の、古くていたんだ駅舎まで、この回顧にふさわしかった。

だが信吉は、その後ひそかな茶畑を飛び出し、大きく茶産業にかかわっていく。駈け落ちを企てて故郷の立場を失い、横浜に暮すこととなったことと、折しも日本の茶が国際社会の中に進出

したことが、信吉の運命をかえたのである。

製茶再製所の設置、信栄製茶株式会社の設立、その紅茶、カフェイン両工場の建設。また試験所の開設や、イギリスの紅茶会社リプトンとの交渉。

戦争をはさむ日本の輸出競争とあいまって信吉の活躍は地球を股にかけるものとなっていく。混血の孤児赤井栄三郎とも組んだ。

この活動の変化は、近代日本の明治〜昭和における茶の歴史そのものといってよい。日本の国際的成長は、そのまま日本の茶産業の消長だったのである。

とにかく「牧之原」は武家時代の巨大な馬の放牧地だったのに、これを旧幕臣が茶畑にすることから、茶の近代史は始まる。そして列強に伍しての製茶とその輸出。また紅茶という新しい茶の分野が加わる。カフェインの研究が必要となる。輸出港の変更も重大課題となる。

この小説のみごとさの一つは、茶を窓とするこの近代日本史の活写である。

そこで、茶の有為転変の中にあってこそ、老舗の茶商の家を守り抜いた女主人公世津の身の丈も、鮮やかに浮かんでくる。

世津の家の守り方は、明らかに近代を背景とする。世津は最後に孫に言う。これほど守り抜いた店も、個人の幸せのためには閉じてもよい、と。

清華堂ののれんはわたし一代……、それで終ってもよいと思っています。それで、みんなが幸せになれるのなら、御先祖もきっとお許し下さる筈です（「女道」の章）

事は、店のために自らの青春を犠牲にしたことへの悔恨によるものだとしても、それだけではない。日本の近代化と運命を共にする茶の歴史にあって、消滅もまた一つの運動体の変転にすぎないという、大きな歴史の見つめ方が世津にある。

やみくもに存続にこだわるのは正しい伝統の保持ではない――そうした大悟に到る道程が『おんなみち』の達成なのであろう。

じつはこの小説の、登場人物の中で、信吉や栄三郎また坂上直隆・貴族院議員らという世津の周辺の人がむしろ活潑に動き、中心の世津は大立ち廻りをしない。

それが、茶を周辺から育てる人物と、育てられる茶との関係に似ているとわたしは思う。

なぜなら、世津が信吉に対して、こんなことを言うシーンがある（「氾濫」の章）からだ。お茶が人間と同じように、どこで生れ、どこでどんな育ちかたをしてきたのか、こちらへ話しかけてくるのがわかる、と。

やはり、あの茶畑の青い潮のようなうねりは、人間の生態そのものでもあった。一本一本の茶の木が、人間のように寄り添って一条の畝《うね》をつくり、盛り上っては潮の波頭となる。その畝の幾重もの重なりと広がりは、美しく群れ集った人間たちの、世間という海面となって、しなやかな風景をつくる。

その中にいるのは世津だけではない。一日中茶畑を見てまわったわたしには、小説に登場するおびただしい人物も、この茶畑という人間模様の一織り一織りとなって、息づいているように思えた。

野とアリランの抑揚

宮本百合子『播州《ばんしゅう》平野』
加古川

この作品はいわゆる自伝小説で、女主人公ひろ子は宮本百合子、敗戦まで十二年を思想犯として牢獄にとじ込められた夫重吉は宮本顕治《けんじ》である。

百合子自身も検挙され、久しく執筆を禁止されたが、のちに『十二年の手紙』として出版されるような愛の音信を獄の内外でかわし、再会をひたすら待ちわびてきた。

夢のような再会の日は、八月十五日の終戦宣言によって緒《いとぐち》が開かれた。この日、日本人は戦争の悪夢から解放され、ついで十月には占領軍の指揮のもとに思想犯の釈放も行われたからである。

そこで小説も八月十五日から始められる。ひろ子は釈放の新聞記事を福島で読む。

夫は釈放された後、どこに帰ってくるだろう。ひろ子はただちに夫の実家の山口に赴《おもむ》いて待機するが、待ちかねたのちに東京に帰ると見当をつけて、山口から東京へと、また慌ただしく戻ることにした。

この気ぜわしい日本列島の往き来の過程で、女主人公がいかに再会を待ち望むかを、読者は十分思い知らされる。そして東京での再会をいよいよ実現させるための、最後の期待のせり上がりが、この上京の旅であることも、思い知る。

まるで女主人公の呼吸の激しさまで感じとられるほどに。

しかし、帰りを急ぐ気持ちとはうらはらに、東上する列車は思うように動かない。播州までたどり着くが、姫路で足どめを食い、何とか加古川まで来たが、ついにそこから明石までの七里を歩くはめになった。

ひろ子は金を出してトラックを乗りつぎ、また荷車にすがって歩き、そして荷馬車に乗って、やっと明石の町が見えるところまで来る。

そこが播州平野を横切る描写であり、小説もここで「終章」を迎える。

上述のように、女主人公が登場する場所は福島、山口、東京と多い。しかも最終地は東京である。むしろ播州は途中に通過するだけの土地にすぎない。
にもかからわず小説が、題名として『播州平野』をとり上げるのはなぜか。わたしは今回あらためて播州平野を歩いてみて、『播州平野』と書名を決めて書き出された構想に、おどろいた。とくに女主人公が歩いた加古川以東の平野は、日岡《ひおか》山に登ると一望の下に見渡され、すべてが日岡山によって統《す》べられているかのようだったからだ。

じつは日岡の頂きに「ひれ墓」とよばれる古代の墓がある。稲日《いなび》の大王の娘といってもいい女性がひれをとどめて死んだ。その墓だと古代の文献はいう。ひれとは古代の女性が首にかけた細長い白布。魂をよぶための呪具《じゅぐ》である。

つまりこの伝説は、日岡山がひれ振り山とよばれて日本各地に残る山の一つだったことを物語っている。遠く離れる者に向けて求愛のひれを振った山の一つなのである。

ひろ子が困難にたえて東へ東へと道をたどった野は、ひれ振り山に支配される、ひれ振りの野だったことになる。

平野と、夫の魂を求めつづける女主人公の心理との、みごとな適合がこの中にある。

小説で石橋が落ちていたとされる「小さいが、流れの急な川」は、喜瀬川という川らしい。石橋がかかっているものの、なるほどいまも崖に土嚢《どのう》をつみ、橋のたもとに石に彫った不動像がある。いかにも昔は難所だったらしい風情である。小説の女主人公は身を自然にゆだね、この平野のもつ太古の地勢まで感じとっていたのではないか。

そういえば、先ほどふれた福島とは、作者の原点となる父の故郷である。それなりに女主人公も冒頭には安達太郎連山につつまれている。

この山国を血にうけつぐ女主人公が、いま平野にさまよい出た。人工をもろくもつき崩し、天然に戻った平野で、彼女は必死に夫の許にかけつけようとしているのである。

夫とは、また別の故郷だともいえる。

作者はこの播州平野に独特の抑揚があるという。柔かな畑土、遠景の山嶺の風光をいうのだが、わたしには、抑揚がきわめて心理的なものと映る。

いま、歴史の空前の変動の中で絶望的にあたえられる困難と、一方にほとばしるような未来の輝きへの渇望がある。それらを指すものでないとすれば、自然の風土の抑揚とは、多少、ことばがなじまない。

いや、なじまないほどに、風土が心理化している証《あか》しであろう。

こうした自然の心理化において、『播州平野』は自然や風物を描写しながら、みごとに敗戦をめぐる日本の歴史と人びとの心理を浮き彫りにすることができたのである。

抑揚といえば、小説における抑揚はいたる所に見られる。敗戦という稀有《けう》な一点を前後に、襟章をもいだ将官級の軍人もいる一方、あい変わらず横柄な若い海軍士官もいる。混乱したさまざまな人間やその振る舞いを乗せた列車が、作中でいみじくも「滑走列車」とよばれるように、列車の車内にも抑揚があふれている。

実際にも播州平野は起伏する地形があるのだろうが、そもそもの地形もこれらの人物によっては見えやすかったのではないか。

ところでこんな「抑揚」をいう時、さらにもう一つ、作者がとりあげている重要な抑揚がある。終戦時における朝鮮人の姿である。

全編をとおして女主人公は多くの朝鮮人と出会う。息もたえだえにのろのろと歩く日本人の少年兵がいる一方、西へ向かう兵士を満載したトラックとすれ違う。歓声をあげつつ故郷へ向かう朝鮮人兵士である。かと思うと東への道を友人と活発に歩く若い二人の日本人。また先立って山口へおもむいた時は、隣の車両はほとんど朝鮮人だった。

打ちひしがれた日本人はかつて傲慢《ごうまん》であった。いわれなくしいたげられていた朝鮮人はいま独立の意気にもえ、西へ向かっている。この抑揚は近代日本史の、そのままの姿に他ならない。ひろ子は車内で少女の歌うアリランを聞いたとも記す。同じように、播州平野にももう一つアリランの歌声の抑揚があったといえるだろう。

作者が朝鮮人同様に軍国日本によって不当に弾圧されていたことを思えば、アリランの哀音は、女主人公の胸に深くしみていったと思われる。十二年の別離を強いた時代への哀しみ。

しかしいま、それを過去として未来へ向かう歓喜。他人事ではない哀音の抑揚も、播州平野が女主人公に訴えかけてきた歴史の抑揚の大きな一つだったのである。

遠景とその原点

尾崎士郎『人生劇場　青春篇』
三河安城

『人生劇場』の舞台、「横須賀村」（いまの西尾市吉良《きら》町）の北の山合いには、黄金堤《こがねづつみ》とよばれる堤防が谷間をふさいでいる。この堤防ができるまでは、ひとたび上流の水が北側の平野に氾濫《はんらん》すれば、濁流はたちまちに南下して谷間に殺到し、横須賀村ほか吉良領の水田三千石の稲が一挙に潰滅《かいめつ》した。

かつてこの谷間は淵とよばれたという。洪水は谷底をえぐり、水をたたえるに到っていつしか淵を作ったほどだったのである。

だから横須賀村は築堤以前に幾度か泥土と化した荒廃の記憶をもつ。そして築堤後に堤防の切れないことを願いつつ、やっと生命をつなぐことができた土地であった。

ただ堤防を築くと、一層濁流は北側にあふれ、北側の平野をつぶすだろう。当然北側の土地の領主は築堤に反対する。だから今後堤防が決壊したら二度と築かないという約束をとりつけて行った工事だったという。

そうなると村人は必死だ。今後の命をかけて工事に従い、みごと今日に到る平穏をかちえた。主人公・青成瓢吉《あおなりひょうきち》が育った村とは、こんな不安をかかえた村落だったのである。

ところで築堤の恩人は領主・吉良上野介である。その関係から吉良領では「忠臣蔵」を上演しないという。芝居で大石らが美化されていけばいくほど、吉良の領民たちは息をひそめて生きなければならなくなった。

冠水しがちだった水田を領主に救われながら、領主を憚《はばか》るように生きることを強いられる宿命が村にはあった。

この地を産土《うぶすな》とし、ほとんど瓢吉と重なる作者・尾崎士郎は、こうした土地の、歴史と人生をどう受けとめて生い育っていったのだろうか。

黄金堤ではないが、村境を流れる矢作古川《やはぎふるかわ》の堤が、つねに村人が村を後にする時の別れ目として小説に登場する。母と瓢吉と吉良常《きらつね》とが村を去る時も、瓢吉が憧れるおりんが東京の芸妓になるべく、村と別れる時も。よくも悪くも、彼らにとって堤を越えることが、村の呪縛《じゅばく》から逃れることだったのである。

そこで呪縛を離れて夢を託すことのできる村の外の遠景を、つねに瓢吉に見させようとした人物がいた。父・瓢太郎である。

広い邸には銀杏の巨木がある。父は息子に、ここへ登れという。忍耐強く息子の登るのを待ち、息子の手が届くところに少しずつ小刀でしるしをつけながら督励した。

やがて息子は梢に登りつめる。父は手を離せと叫び、何が見えるかを言えと促す。

「馬が見える」

「馬は何処におる?」

「橋の上におる」

父親の目論見は見え透いている。息子に川を渡って遠く彼方へと走りゆく馬車を実見させたいのである。

一方瓢吉の村は近くに吉良港をひかえて、遠方にひろがる太平洋をもつ。海上には村の呪縛から自由な外界がある。

そしてじじつ、敢然とこの港を出航して人の世の義理に身を賭《か》けた任侠の徒がいた。

吉良の仁吉《にきち》。しかし伊勢・荒神山《こうじん》の争いが元で落命した仁吉は吉良に戻り、いま源徳寺の巨大な墓石の下に眠っている。墓碑の字は清水次郎長による。別に吉良町が建てた「義理と人情」という石碑もある。

父・瓢太郎は瓢吉に「えらくなれえ」といい、その時はきまって仁吉の話をしたという。もう一言「貴様はこの村の奴等の真似をするな」とも添えて。

無鉄砲なことをやらないとえらくなれないと父は言う。無鉄砲でもよい、村の呪縛をとけというのだろう。

かくして、瓢吉の人生劇場にはいつ洪水に見舞われるかもしれない不安や、歴史的に複雑な負

い目をもつ村を出発点として、その中の銀杏の梢から遠望できる彼方へと歩み出すドラマが、まず仕組まれた。

そして一方に範となるべき仁吉という配役がある。彼は劣勢を承知で、あえて人情と義理を尊んで船出する男である。

小説では吉良常という博徒《ばくと》まがいの男も創造されていて、瓢吉の身辺を去らない。巧みな仁吉の影、というべき配役であろう。だから後のち、ドラマは他国を舞台としても、義理と人情の演技が縦横に展開する。

いま「横須賀」を訪れると、作者の生家――小説に実名の辰巳屋で登場する生家は、ほとんど跡形をとどめていない。

小説では「辰巳屋の屋敷は法六町の半分を領有している」とある。現在上横須賀駅のあるところも、もと屋敷の中だったという。旧邸を心に描きながら、わたしはゆっくりと、かつて屋敷沿いだったと思われる道を歩いてみた。ずいぶん歩いた。巨大な邸の実感がずっしりと重く感じられた。

しかしいま残るものは小説にいう「屋敷の地つづきに建てられた地蔵堂」と傍らの二基の墓ば

かりである。

尾崎士郎の字を刻んだ記念碑を、生いしげる夏草が囲んでいた。

遠景を見よといわれ、そのとおりに東京で活躍したのだから、家の荒廃はこれでよいのだろう。

しかし邸跡の碑には「今日我存　存此処　士郎」（今日我存す　此処に存す）と雄勁《ゆうけい》な文字で刻まれている。作者は故郷を捨てるどころか、今はここにいるのだという。「存」という字の思い入れは深い。

作者と等身大の瓢吉もまた、今は故郷にいるであろう。幼き日に銀杏の梢から見た遠景の中で、のちには満州（いまの中国東北地方）にまで足をのばし、父の期待どおり生涯を大成した。その上での瓢吉の帰郷である。

遠景といいながら、遠景にも必ず原点が存在する。志を馳せる心はつねに「此処」にしかないのである。

第五章

海の輝きと波濤

海と少女の無垢《むく》

佐多稲子『素足《すあし》の娘』
相生《あいおい》

新幹線を相生駅で降りて車を南に走らせると、道は那波《なは》の町をすぎ、相生の町に入る。那波の港は大島山桜公園と中央公園に左右をはさまれた、古風な風景も残す入江だが、さらに南、那波の湾入の入口にあたる相生は、近代ふうな街を緻密に広げる。

かつて対岸には二万五千坪の海面を埋めたてて、巨大な播磨造船所の工場が建てられていた。このあたりは水深も申し分ないのだろう、六千トン級に及ぶ貨物船が造られつづけたらしい。たしかに、河口を扼《やく》した造船所の遺構は今になお堂々と威圧的であった。

相生の旧市街は東岸のさらに南、天神山の裾をまわり込んだ大谷川ぞいに広がるが、河口の相生港は、すでに大半が埋め立てられている。

この旧市街地の一部に、肩をよせ合うように古い家並が固まっている。まるで、おし寄せる近代産業の嵐から、身をまもってきたように見える。

しかし、港にはこれ以上湾を埋め立てるなという抗議の看板があった。とある魚屋で立ち話をすると、相生に魚屋はもう二軒しかないという。

豊かな海の幸に恵まれた相生は、対岸にまったく異質な造船所が突然出現し、いっきょに古い物が奪い取られていったのだろう。明治末年から昭和初年にかけてのことだ。

もちろん相生が近代日本の工業化の中で果たした役割は大きい。しかし巨大な造船施設とおし寄せる軍国主義のなかで、古きよき物もどんどん失ってしまった。

わたしは、相生をすぎ、青あおとした海上を望んだ時に、そのことに強く気づいた。

そしてやっと、相生の息ぐるしさからぬけ出せたのは、さらに室津方面へ車を走らせた後のことだ。

美しい海が展開した。自然そのままの美しい海。

大海にあふれている紺青の海の清浄さ。自然がもつ清らかな無垢。

相生におし寄せた近代日本の工業化は、海の無垢ばかりかささやかな漁港がもつ無垢なたたず

まいまで、奪ってしまったことがあらためて脳裏に浮かんできた。
相生には、忠臣蔵で有名な大石内蔵助が、自然を愛して建てたという別邸まである。が、それは、もうお伽話《とぎ》のようにしかひびいてこない。
歴史が無垢な自然の喪失を強いた相生の町、それが作者佐多稲子の設定した『素足の娘』の舞台であった。

さて、その舞台で、作者は何を語りたかったのか。
驚いたことに、いま、スッピンだのナマアシだのという流行語がある。化粧しない別嬪《べっぴん》や、それこそスアシというべき裸の足のことである。いまこれらのことばが、いささか卑俗なまでの生なましい語感をもって登場する背景には、人間が身をかざることへの皮肉と、肉体が自由であることへの欲求があるのだろう。

作者がひとりの少女を主人公として、一編の小説を『素足の娘』と名づけたことには、このような一種の原始からの、作為的な文明化への反抗があったはずだ。

風景ばかりではない。主人公のまわりには、いくつもの不自然さがある。相生には俄《にわ》かにふくれ上がった造船所の職工の群れがいた。九州から集められた彼らには、土地ことばと入りまじった不純な方言が、身辺の言語だった。

山を切り開いて建てられた急造の社宅も並び、市街のあらゆる家いえに職工が間借りをした。部屋にまで襖ごしに声が響いてくる、異常な騒音にみちる町であった。

主人公は東京からよび寄せられて、雑然としたこの町の俄か住人となった。

また主人公は父親が若すぎて、父親に甘えられない。作者自身が父親の十八歳の時の子である。母親も出産の時十四歳。作者七歳のとき、二十一歳の母親が早世する。

自伝の要素が強いこの小説の主人公は、これら作者の身上を反映させて、血縁においても、どこかいびつ、いびつなのである。

さらに主人公は造船所につとめる父の同僚によって、ある日突然体を奪われる。それでいて男は「ね、僕と、嬢《いと》ちゃんとの秘密。ね、分ったね」という。

性も、周辺の暴力的なエゴイズムにとりまかれていた。

ところがそれに対する主人公はどうか。抵抗することなど思いも及ばない、「失われた意志」があるだけの少女だった。

少女はあまりにも無垢ではないか。じつはこのくだりの要所には二か所にわたり「削除」との注がある。しかしこれは、他者による削除のふうを装う、巧みな無描写だったのではないのか。「削除」とは無垢を守る意志的な叙述方法だったに相違ない。

わたしには少女の無垢が、相生がかつてもっていた自然の無垢と重なってくる。

近代化や軍国主義のなかで無垢が失われつつあった日本。その典型的な舞台に無垢な少女をおいて、あの不犯《ふぼん》の青あおとした海のような、いのちの無垢を描くことが、作者・佐多稲子の念願だったはずだ。

昭和初期、日本は暗い閉塞の時代へ向かって闇を深めていた。その闇の中における生《なま》の人間の無垢の美しさが、「素足の娘」を光源として輝く。

今や、その狂乱の時代も去った。わたしが相生に足を運んだ日には、造船所の社宅もわずかに彿をとどめるばかりであり、当時を思わせるような幾つかの廃屋も町に見かけた。

しかし一方で、主人公が身を寄せた一帯の旧市街地に、家並は古風な自然さを保ちつづけていた。そこから、いつ「素足の娘」が出てきても、ふしぎではない風情であった。

内海の町の灯《あか》り

林 芙美子『風琴《ふうきん》と魚の町』
尾道

どこで読んだか短歌を一首、誰の作か、なぜか林芙美子の作として今でも覚えている。「何もかも忘れはてしと思ひしが　天津に来て銭を数へぬ」。その歌が貧困に過ごした林芙美子の心境と重なるからだろう。

とにかく学生時代、わたしは林芙美子を愛読した。新聞の訃報に驚いて東京の中井の家の葬式にかけつけたほどだ。大衆の一人として。いま数えてみたら大学三年生の折であった。すぐに出始めた新潮社版のクリーム色の全集も買い揃えた。

その中で、やはりもっとも感動した作品は『風琴と魚の町』である。学生のころはただ好《よ》かったというにすぎないが、いま感動の理由が少し、わかるような気がする。

じつはこの数年、わたしは瀬戸内海のことを考えつづけている。平家一門がことごとく沈み、都まで海底に持っていってしまった内海。その哀音は千年を経た今も能や芝居に演じつづけられ、平曲となって日本人の心に伝えられている。

こうした瀬戸内海をギリシャの地中海になぞらえると、瀬戸内海も二つの陸地に挟まれた、瞑想を養い育てる海だろうかと思う。同じように陽だまりの斜面が海へと下り、潮風が柑橘にほどよい味をあたえるという、両方の内海。

辞書で調べると中国には海内と海外とはあるが、内海の語はない。じじつ、こんな大きな内海はない。

かなり特徴的に内海をもつことが、日本文化の大きな一面を育てたのではないか。それは瞑想性というべきものではないか。

そう思うと、わたしの脳裡に浮かぶものが、竹久夢二の絵だったり、まさに作品

『風琴と魚の町』だったりするのである。

小野竹喬《ちっきょう》もその一人だ。あの絵はノスタルジーにみちている。夢二もアメリカにまで放浪したが、つねに故郷が心の原点にあったと思われる。もしかして竹喬がパリで恋した少女も、ノスタルジーの化身だったか。

こうして、学生時代から半世紀以上たった今、放浪の作家、林芙美子の瀬戸内海体験も、これらと同質なのかと思い始めている。

そのばあいは、芙美子が彼らと違って瀬戸内海を故郷として持たないことが大事だ。芙美子には還るべき故郷などない。その中で人間に必須な故郷こそ、尾道だったのではないか。擬似故郷——それほどに切なく、愛《かな》しいものはない。

尾道など何度も訪れているのに、わたしが今回はじめて気づいたものに、駅前の芙美子像があった。

しかしこの像の芙美子は成人となった彼女で、髪型といい籐《とう》のバッグといい、持ち物の傘まで昭和初期ふうだった。これは『放浪記』をイメージした作品であろう。

だからかがみ込んだ芙美子のかかとは、草履から宙に浮いていた。ほんの少し歩みはとめたが、安らいだわけではない。また歩き出す姿だった。

尾道にあっても、芙美子は放浪の中にいるのか、という思いを胸一杯にしながら、わたしは手を像の浮き足にふれてみた。冷やかな感触が返ってきた。


しかし、放浪の中の芙美子の前半生の中で、たった一つ、尾道は心にぽっとともった、灯りのような町だったであろう。

女主人公まさこは、風琴を奏でながら行商する父につれられて各地をまわる。まさこにとって風琴の音は生活とともにあり、一家の息づかいそのもののような音色だっただろう。思い出せば父への思慕さながらのメロディのはずだ。化粧水のニセ物を売っても妻子を食わせたいと思うたった一つの武器が、風琴だった。

そして尾道で知り合った男の子がまさこにくれた魚。ほのかな心ときめきの中に登場する少年との記憶は、魚によって媒介される。

小説には、少年との間のぎこちない子供ごころの愛の仕草も、忘れずに書きこまれている。

「何枚着とるんな」「着物か?」「うん」「ぬくいけん何枚も着とらん」「どら、衿を数えて見てやろ」と。

数えさせてくれたうれしさに少年は魚を一尾くれる。

事実としての尾道は、芙美子がさらに女学校へ進み、卒業し、早熟な恋もして東京へ出かけたのに、これらは一切消し去って、町をみごとに風琴と魚で仕立てたことが、まさにわたしが実感する瀬戸内海の暖かさや、閉じられた眼裏に浮かび上がるなつかしさに呼応してくる。

まさこは桟橋で小便をする。

うんと力んで自分の股間を覗いてみた。白いプクプクした小山の向うに、空と船が逆さに写っていた。私は首筋が痛くなる程身を曲《かが》めた。白い小山の向うから霧を散らした尿《いばり》が、キラキラ光って桟橋をぬらしている。

「幼年時代」や「少年時代」を作品にする作家は世界的に多いが、これほど無垢で健康的な開放感をのべたものは、そう多くない。

林芙美子は『風琴と魚の町』によって、魂のすべてを尾道に託したように思える。

今でも尾道の町を歩くと、山がすぐ線路ぎわまで迫ってきて、町全体が山に守られるような印象をうける。石段の町でもある。

そして前面の海はまるで水道のように、近ぢかと島じまが重なり合ってつづく。向島まで往復する桟橋が三本もあって、船がたえず行き来する。島はもはや陸のつづきのように、尾道の町並の一部である。

そんな中で、この町はおだやかな平和にみちているように見えた。

貧困と戦い、力のかぎりを尽くして仕事をしてきた後年の芙美子にとっては、この町の暖かさが心の原点になっていただろう。穏やかな内海の海べにともった、一点の灯りのように町は追憶されつづけ、そのたびに作者自身もわが若き日の作品を思い出していたのではなかったか。

一日ここに遊んだわたしも、満ちたりた思いであちこちに足を運び、「魚の町」の鮨を食べて帰ってきた。

町は灯《ひ》ともし頃であった。

輝かしい海面、喪失した光

壺井栄『二十四の瞳』
小豆島

一面にきらきらと光る海がまぶしい。小豆島から見る海は、まるで細かく砕いた水晶のかけらをちりばめたような輝きにみちていた。

しかし一方、かつて軍国日本の時代に、小豆島は深ぶかと戦争の翳りに隈どられていたらしい。

海の輝きとは正反対の重苦しい翳りである。

太平洋戦争のころ、ここではひそかに特殊潜航艇の訓練がおこなわれていた。特殊潜航艇とは真珠湾を奇襲したことで有名な人間魚雷である。真珠湾に出撃したのは別の基地の艇だったが、この基地の艇も訓練中空襲などで十七人が戦死した。

その英霊を祀る神社が今もあるときいた。
いま、壺井栄の内海町《うちのみ》（現小豆島町）の生家はすべて面影をうしなっているが、庭つづきと思われるところには大正十一（一九二二）年、時の東宮、のちの昭和天皇が上陸した所だという巨大な記念碑もある。陸軍特別大演習の折、軍刀をつった勇姿だったはずだ。
そしてまた、栄がよく遊んだという「向いが丘」には、日露戦争での戦死者の大きな慰霊碑が、四基もそびえている。下士官や兵卒の碑だのに、この巨大さは、日露戦争の時代にはまだ戦死が特殊であり、悲しみがいかに大きかったかを語りかけてくる。
ところが傍らに太平洋戦争での忠魂碑が小さく建つ。巨大な日露戦争の碑にくらべると、あまりにも小さい。だのに、ずらりと並べ刻まれた氏名のおびただしさ。わたしはとっさに衝動的に戦死者の名を数えはじめていた。当、内海町だけであろうのに、七十人もこえるか、正確に数えあぐねるほどだった。ほんとうにぼろぼろと涙がこぼれてきた。殺し合いをして殺されたのである。

そして日本全国では、もう無数といっていい、苦しみつつ死んでいった若者たち。

いま、何事もなかったように穏やかな平和につつまれている海よ、こんなに安穏としていてよいのか。

思えばこの瀬戸内海には戦艦大和が建造された呉の港もある。今になお、海底に沈んでいる大和。軍用船は多いはずだ。

広島という軍都もあった。優秀な士官を育成した学校も江田島にあった。

わたしは瀬戸内海を島山に保護された静かな瞑想の海とばかり考えてきたが、今つくづくと小豆島に佇《た》ってみると、ここは激しく苛酷な戦争の歴史にさらされてきた海だったのだと知った。

小豆島をオリーブの島という。このことば自体は、平和で思索深いギリシアの島のごとくひびくが、しかし小豆島は深くて暗い底辺に、重い戦傷をかかえている。

名作『二十四の瞳』は、まさにこんな戦争末期の小豆島を舞台とする。

そしてこの題名と戦争はふかく関係する。

作中のクライマックスは、何といっても、戦後、かつての教え子たちが集って、大石先生の歓迎会をしてくれた最終部だろう。

しかし教え子の十二人全員は集れない。すでに五人の男子のうち三人は戦死し、女の子も一人が二十二歳で病没している。

彼女は貧困の中に死んでいったが、反対に大家をほこった家の娘は家も人手にわたり、自身も花街に売られたのち、成金の男にうけだされたといううわさがあるだけで、いまはどこで何をしているかは、だれも知らない。

もちろん歓迎会に姿は見せない。

そこで集ったのは七人。では十四の瞳となるかというと、瞳は十二しかない。つまりひとり、失明した子がいる。ソンキこと磯吉である。

彼は眼球を失って除隊になったという。つまり戦争が瞳を奪ったのだ。

ところが小説はこの見えない眼を克明に逐う。むかし全員でとった写真が宴会の場にもち出されると、磯吉はその一人ひとりを指でさしつつ、名をあげていく。

ところがそれは、すこしずつずれていた。磯吉は記憶の中にしか瞳をもたないのだった。『二十四の瞳』は、作者の壺井栄が実生活をともにした十二人の群像をかきたいと思ったことに由来するという。本人が記すのだから、そうであろう。

しかしその説明は十二人の人数を納得させはするが、戦後の瞳の説明にはならない。にもかかわらずあえて瞳に焦点をあてようとする意図は、あの初ういしく輝いていた、いのちの証《あか》しのような二十四の瞳が、戦争という惨劇の中で、どのように奪われていったかを描く点にあったにちがいない。

小説『二十四の瞳』は子どもを主人公とするばっかりに牧歌的によまれたり、ひどい時には児童文学のごとく論じられたりするが、本質はちがう。

むしろこの小説には描写はすくない。その反対に物語《ストーリー》性がつよい。あえて叙事詩ふうだといっても失当ではないだろう。

先生が「小石先生」だったり「なきみそ先生」だったりすると、抒情詩のようですらあるが、内容は作者が淡々と語るにもかかわらず、戦争がいかに人びとから幸せを奪っていくかに鋭く目を向けたもので、時代を生きる人間の悲しみが主題だとさえいってよいだろう。

そしてそのことがみごとな小説となって何十年も読みつがれることの原因は、あの小豆島が負っている悲しい歴史にある。

この島にあって、瞳はまぶしい海の光の放射にま向かい、潮風がはこんでくるほのかな磯の香につつまれ、親しみ深く清純なはずだ。

ところが人為的に加えられた翳りは、あまりにも傷ましく瞳をくもらせる。そのことへの作者から発せられる、人間性《ヒューマニティ》からの抗議が、このような一編となった。

冒頭にのべた丘の碑は、小説では少し形をかえて、丘のてっぺんにある兵隊墓として扱われているように思われる。日清、日露、日華の墓があり、作中人物の中の戦死者、仁太や竹一や正のものもある、と小説はいう。

『二十四の瞳』は兵隊墓から発想された、悲劇の叙事詩だといえるだろう。戦争によって肉体を奪われ、瞳を失った者たちの眠る丘、それは十五年にわたって光を失った軍国日本の縮図ではないか。

いま、「兵隊墓」から見る平和な小豆島の海の輝きは、あまりにもまぶしい。

生と死のはざまで

田宮虎彦『足摺岬《あしずりみさき》』
足摺岬

あの興奮は何だったのだろう。昭和二十四（一九四九）年『足摺岬』が雑誌「人間」に発表された時、わたしはすぐ大学の図書館から雑誌を借り出し、大人数の授業だったのをいいことに、講義そっちのけで、膝の上の雑誌を耽読《たんどく》した。

異様な感動と興奮をおぼえた。

そのころ阿部知二の『冬の宿』（昭和十一年）や田宮がつづけて発表した『菊坂』『絵本』を熱読した。いずれも日本が十五年戦争に入っていった暗い時代の、貧しい学生たちの群像が主人公だった。

『足摺岬』も例外ではない。主人公は肋膜《ろくまく》を病み、大学を出ても職のあてはない。彼のまわりにあるものといえば、言いようのない閉塞感《へいそく》だけだ。社会はすっかり生命を失い、死臭すらただようような時代だった。みずからも死がきざし始めた体をかかえ、社会にも人間にも、日本すべてに死臭がただよっていた。

やがて戦後。だから戦後すぐにわたしが読んだ小説は、みんな十五年戦争時代の日本の告発だったり、鎮魂《レクイエム》だったりした。

『足摺岬』が書かれた年は、戦争から人びとが解放された四年後だった。そのころの解放感を、わたしもよく覚えている。虐《しいた》げられていた人間性の復権は、この小説が載った雑誌が新しく創刊された「人間」だったことをみてもわかる。戦争中に書かれた『冬の宿』が死の風景をつづったのに対して、戦後の作家たちはいっせいに暗い過去を見つめ、反対に輝かしい人間をとり戻そうとしていた。

そんな中で、ほの暗い過去の歴史の陰画にひとみを凝らしつつ、人間の傷をやさしくいたわろうとした作家が田宮虎彦だった。

それではこの時代の傷を、田宮はどのように見つめ、その傷を人間の問題としてどう考えたのだろう。

田宮は「岬」を、時代にしろ人間にしろ、その死とそれからの蘇生の場《トポス》と考えていたらしい。たしかに田宮が足摺岬を描写する上で、岬がすさまじい光景にみち、はげしく生と対立する姿をみせることは、いうまでもない。

「死場所にえらんだ足摺岬に辿《たど》りつい」たのは梅雨のころで、岬には「重たく垂れこめた雨雲と、果てしない怒濤の荒海との見境もつかぬ遠い涯《はて》から、荒波のうねりが幾十条となくけもののようにおしよせて来ていた」。

主人公は投身しないままに宿に帰ったものの、「馬鹿なことはせんもんぞね」といわれる。とうぜん未遂者あつかいであった。

そして夜の浅い眠りの中に、怒濤の夢がくり返し浮かんできた。

だからこの小説を読んでいると、時代や人生に絶望した若者が投身自殺をくわだて

ながら、わずかな心理のずれから「足摺岬の絶壁から遂に身を投げることの出来なかった」物語のように思える。

しかし主人公は「死ぬために辿りついた場所で、私は死とはまるでうらはらな生の営みをはじめた」。「私は涙をうかべた八重を痩せた腕にかきいだいた」のである。なにも死ねなくて死ななかったのではない。

しかし、健康な八重を自分の苦界にひきずりこむように戦争中の東京へつれていき、死臭の町で死なせてしまう。

それほどに足摺と東京とはうらはらな、生の場所と死の町だったのである。

じじつ、足摺岬は旺盛な植物の繁茂につつまれている。武市佐市郎著『土佐の史蹟名勝』によると足摺には蒲葵《ほき》（檳榔《びんろう》、アジマサ）の自生地があり、樹齢四百年のタブ（ツママ）、熱帯性の羊歯《しだ》である「りうびんたい」（ウロコシダ）、樹齢三百年の姥目樫《うばめがし》、また同じく五百年の榕樹《ようじゅ》（ガジュマル）があるという。いずれも海上はるか、熱帯から黒潮にのってやってきた流離者たちだ。

わたしが足摺岬をおとずれた日も早春の光があたたかく四囲にあふれ、岬をめぐる道では早咲きの椿の花が、いたるところでわたしたちを迎えてくれた。姥目樫の、小さいながら肉厚のつややかな葉々を茂らせた林も、どこまでもつづいていた。

そして沖に目をやると、まぎれもなく黒ぐろと帯をつくって、悠然と流れる黒潮がある。

この逞しい生命を措《お》いて足摺岬は語れない。小説は、じつは都会からもち越した死臭を拒否する自然の力を、底辺においているのである。

主人公の心中の死と足摺岬がもつ生との中に、わり込んでくる登場人物として、作家は「幽鬼のような」遍路と行商の薬売りを設定する。ともに定住の地をもたず、浮遊の中に生きつづける者たちである。

ひとりは戊辰《ぼしん》戦争での落城の折の一旦の死からよみがえったもの、他のひとりは命をすくう薬を細ぼそとひさぐ、しかも手風琴（アコーディオン）をならしながら、オイチニと道化て歩き廻る薬屋である。

青年の、時代の閉塞と病苦による絶望。それと一方の、なお命をもとめようとする欲求との間に、遊行《ゆぎょう》の生者をおいて、傷つきやすい青年の心をつづった『足摺岬』には、『冬の宿』や田宮自身の連作『菊坂』や『絵本』をはるかに超える、部厚い生命の重みがある。

生死のはざまに田宮が足摺岬を利用したことは、まことに巧みだった。田宮は土佐に住んだこともあり、足摺岬を熟知していたはずだ。

彼は、足摺岬の風土のきびしさが、いちずな死への誘いなどではなく、等量にうらはらな生命へのはげしいうながしも持っていることを、見つけていたのである。

その田宮の目には、四国遍路とはどういう行動者か、行商の薬売りはどのような思いで山間僻地の人びとに接しつづけるのかも、よく見えていただろう。

足摺には四国霊場三十八番の札所たる金剛福寺がある。正式に蹉跎《さだ》山《さん》補陀洛院《ふだらくいん》金剛福寺。補陀洛という観音さまのいる聖地への渡海も、古来ここから試みられた。

主人公にも作者にも、またこの岬に立ったわたしにも、ひとみを凝らせば補陀洛浄土が見えたはずである。

光の微粒子

辻井喬『虹の岬』
真鶴岬

その日は、晩秋の小雨が一日中降ったり止んだりしながら、風景をぼんやりと包むような日であった。

わたしは熱海で新幹線をおり、海岸ぞいの道を真鶴岬《まなづるみさき》に向けて、車を走らせていった。真鶴岬が小説でいう「虹の岬」だからである。

道の湾曲につれて、海岸の凹凸《おうとつ》が風景をかえる。そのいくばくかの変化ののちに、岬は姿をあらわした。

雨のせいか、海上に横たわる姿は黒ぐろとした塊のように見える。地図で形だけを見ると、か細くてささやかに思える岬は、むしろ海へ突出して、頑なに、寡黙に波浪と戦っていた。

しかし、岬の鼻にたどりついて海を見ると、足下に広がる海面は一面に絞り模様をひろげ、穏やかに凪いでいた。薄陽も洩れはじめたせいか、遠景の空気も明るく漂うようになった。岬をめぐる、こうした相違しがちな外景と内景とは、何にせよ大きく曲折する物のもつ、ごくふつうの特色なのだろう。平板な地形では知られない大地の内面が、岬には意外にも顔をのぞかせているのではないか。

日本には無数の岬がある。

それなりに岬は海岸の湾曲をきわだたせる。だから岬が日本人の心にあたえる独特の風土の力も大きいはずだ。

たとえば中上健次にとって岬とは生き物とひとしく、代表作『岬』では、岬は性の暗喩《メタファー》であった。

このような岬の文学ののちに、ひょっとして中上の岬の暗喩もふくみつつ、辻井喬は真鶴岬を、ある有名な恋愛事件の暗喩として小説を書いた。名作『虹の岬』である。

それでは真鶴岬を、辻井はどのように暗喩として用いたのか。

小説が扱う事件は当時世上にとどろいた川田順の恋である。川田はすでに実業界の地位を捨てていたが、その上にすでに壮年をすぎていたにもかかわらず、歌人としての名声も捨てて、人妻と恋をした。

なぜ、すべてを捨てたのか。辻井が川田事件をとり上げた最大の関心はこの不可思議にあっただろう。

辻井は、このなぞときを、真鶴岬を遠望した川田の心の呟きとして、いっきょに示す。

川田は自分がいつも岬の突端に立って風に吹かれていたようだ、と思う。そして、もう国が滅んだと思った時に、恋人が現われた。女主人公の「祥子がまだ滅びていない国ででもあるかのように」。

まさに中上にあって岬が性の暗喩だったように、真鶴岬は川田の人生の暗喩だったのである。

じつは辻井は真鶴岬のことを、つぎのように書く。真鶴岬を眺めていると、「川田は降り注ぐ太陽の光の中に、海から吹いてくる初夏の風の中に、自分と祥子を結ぶ微粒子のようなものが瀰《び》漫《まん》しているのを感じる」と。

陽光の中に輝くものといえば、虹のイメージもその一つであろう。終末の虹に向けて張られた、周到な捕捉の網のように思える、この輝かしい微粒子を、川田は京都を離れ、国府津《こうづ》の山裾に籠るように身を寄せた生活から見つめた。

こことて朝日新聞の嘉治隆一《かじりゅういち》の紹介があって実業家・名取和作《なとりわさく》の別荘に移ったのだから、自ら見限ったはずの実業界からの温かい愛情をうけつづけるところに川田の徳があり、川田はすなおに微粒子を求めつづけることができた。

いまその寓居一帯は、俤もなく開発されてしまっているが、それでもわたしはあちこちと旧居の匂いを求めて歩いてみた。
さいわいにお隣りだったKさんとぱったり出会い、Kさんが旧居の場所を教えてくれて、祥子が苦労して手桶で水を汲んだ井戸のあり処も、確かめることができた。
Kさんは自宅の奥深い家屋への坂道に川田が敷いた河原石を、大切にしているといって目を細めた。

そして「石田さんのお宅はそのままある」と指さしてくれた。『虹の岬』にも登場する元国鉄総裁の石田礼助《いしだれいすけ》の邸である。石田は川田のところへ風呂敷いっぱいの菠薐草《ほうれんそう》、大根、小松菜などを運んでくれた作中人物でもある。

お宅がそのままあるとはいえ、当時からは六十年がたつ。石田邸の道ぞいの小屋に烏瓜がからまっているのに見とれていると、すでに初老を迎えてなお美しい女性が出てこられ、一しきり礼助のことなどが話題になった。川田はここで、これら名士たちが大事に保とうとしていた、自然そのままの日本の懐に抱かれていたのだと、わたしは強く思った。

川田は重い鞄と行李ひとつを持ってここへ来たという。その国府津生活は『虹の岬』にもなまなましく語られている。

ギャッ、ギャッと啼くのは母屋の屋根裏に棲む鼯鼠《むささび》である。

夕空にはねぐらを求める白鷺の群が飛ぶ。

階段を上がってくる足音に様子をうかがうと、名取が飼う鶏であった。

牛も鳴くし青大将も卵をのみにやってくる。

川田は百足《むかで》を踏んで足を腫らした。

この、あまりにも過去と隔絶した空間は、しかしそれなりの重みをもって川田の新しい命を養っていったはずである。この新しい命こそ、陽光の中に風が運んでくる微粒子のようなものだということができる。

大海に突き出て風波を受けつづける岬は、反面その孤絶性のゆえに純粋な微粒子を培養しつづけるにちがいない。

国府津ではじめて手に入れた、国家の再生とともどもに再生する二人の命のごとき微粒子は、岬の空に虹となって輝く。

困難をふり払いつつ、虹を目ざして突端へと進む岬の姿として、なぞにみちた川田の行動はすべて了解されるではないか。あの端整な風貌は妥協することなく、虹を見つめる人のそれであった。

「老いらくの恋」とは一つの良心だったのだと、わたしは思った。

幻想の管絃船

竹西寛子『管絃祭《かんげんさい》』
広島

月の暦の六月、満月をやや過ぎた十七夜には、安芸《あき》厳島《いつくしま》で管絃祭の神事がある。

今年も、神霊を遷した御座船《ござぶね》がお旅所《たびしょ》をめぐって長浜神社へ向かった。その途中、次第に暗くなる海上に真紅の月が姿を見せ始め、御座船はそれを背に管絃に囃されながら海を進んでいった。

御座船みずからは動力をもたない。三艘の小船に曳航《えいこう》されながら、ひたすら舳先《へさき》に篝火《かがりび》をたき、神職に見守られつつ、夜の旅をつづける。

夜こそが神威の発揮される時だ。

物見の船が幾艘か、まわりを遠まきにしつつ、渡御《とぎょ》をおがむ。以前はひしめき合ったというが、今年は五艘。わたしも一船の客となって神事を拝観した。千年に近く行われる祭りを、広島の人びとがなお、重大な祝祭と考えてきたことの深層を思った。

広島出身の作家、竹西寛子にもこの祭りを題名とする名作がある。

小説『管絃祭』は村川セキの通夜から始まる。セキは原爆の前後にわたる生涯を広島ですごし、夫の死も大きな邸《やしき》の売却も、子の養育も、年老いてから東京での生活を余儀なくさせられる転変も経験した。波乱の生涯であった。

さて初章、通夜の座で蠟燭の火がひときわ大きく燃える。すると、娘の有紀子はセキの棺が管絃祭の折の物見の屋形船に見えてはっとする。

一方最終章は、セキを送った二年後、有紀子が管絃祭を見に東京から旅立ち、当夜の物見船で大きな死生感に到るところでおわる。

この初章と終章の照応にはさまれて十二章がある。

さては十二章は、セキの棺が屋形船に見えたことから手繰りよせられた管絃祭の海上の、十二艘の船ぶねなのではないか。

セキをとりまく使用人千吉・みね夫婦の船、のちに爆死してしまう有紀子の友人夏子や、邦子の船、同じく原爆で亡くなった父母をさがす治子の船、またセキの家に出入りしていた洋服屋、福屋夫婦の船——といったように。

セキは生を終えて御座船に救いとられたのであろう。小説は亡きセキを暗い海上に透視しながら、その生涯を御座船一団の旅のように幻視したものに違いない。

元禄のころ、御座船は嵐によって遭難しかけたことがあったという。セキの船も、原爆という大嵐によって遭難しかけた。そのように、セキの生涯も、大きな時間の構図の中に据え直される。

だからふたつの章には直接セキと無関係な人も登場する。

第十章の主人公は民俗学の調査にでも来たのか、さっちゃんとしいちゃんで、昔話でしか原爆を知らない。

第五章も厳島の隻腕の髭老人の話だ。老人は息子が戦死し、娘は被爆後、似島《にのしま》の生き地獄に苦しんで死んだ。妻も死に今は曽孫を可愛がっている。この老人にも管絃祭がめぐってくる。人生に行きずりの見知らぬ人がいるように、物見船も知り合いばかりではない。それでいて地元の者と旅人、老人と若者という多様さも計算されている。

肝心の原爆体験は中ほど、短かくことばを惜しみながら語られる第九章。原爆がセキの生涯の、最大の事件であることはいうまでもない。


ところが、最大の悲惨な事件を饒舌には語らなかった。

なぜだろう。

小説をよむと、生の惨劇が少しずつ静寂化していくように思われる。そして小説の結末で作者は「この世に生を享けた者誰一人として逃れることのできなかった死」への、切実な思いを訴える。

越天楽《えてんらく》の箏《そう》を聞きおえた時だ。音楽の鎮魂《レクイエム》によって、あの惨劇を大きな宇宙の中に転生させたいという願いが、有紀子の心の中に芽ばえているからではないか。

じつは、管絃祭そもそもの意義も鎮魂にあった。

古来楽器は神霊をよぶために奏でられた。それがやがて優雅な都の遊びとなり、船上での奏楽となった。この船管絃からヒントを得て厳島に管絃祭をおこしたのが平清盛だったという。

この清盛の着想はすばらしい。なぜなら古来日本には、船を揺らすことで魂を活発にする信仰があった。この船揺らぎと音楽との二つの操作によって、厳島の神威が働くことを願ったのだから。

しかも一方で、優雅な都ぶりも演出できるとは、打ってつけの着想だった。

厳島神社にはもう一つ、祈りの形見がある。平家納経《へいけのうきょう》とよばれる三十三巻の巻き物である。王朝の極美をつくした納経も、清盛の発想による。

安芸の人たちは厳島神社に、安穏への祈りの経典を保存し、また神威を深く祈願する鎮魂の音楽の祭りをささげつづけて、厳島の神とともに生きたことになる。

この安芸びとのひとり、セキの生涯が、管絃祭の一場の光景となって回想されるとは当然ではないか。

かつて瀬戸内海でおびただしい平家の武者が命をおとした。そしていま広島の無数の人びとがこの世での最大の惨禍をこうむった。多くの死者たちへの鎮魂の思いを、幻想の管絃船群の中に込めた一編が『管絃祭』だったと思う。

から騒ぎの残響

大佛《おさらぎ》次郎『霧笛』
横浜

その日、細かい雨が横浜の外国人墓地を包んだ。この墓地には生麦事件の犠牲者もいる。近代日本の夜明けを告げる惨劇の被害者たちである。

アイリッシュのケルト十字も見える。母なる信仰を捨てずに、極東に生を終えたアイルランドの人たち。近づいて碑文を読むと生糸商人として活躍したよしを、墓誌が記していた。

いま墓地は多様なるものの融合《フュージョン》を風景として見せる。横浜が港としてくり返した衝突を死の静寂に戻した時に、歴史の多様な色合いが、風景として広がるのであろう。

じつはこの日、わたしは大佛次郎の小説『霧笛』を体感したくて、横浜に来た。一つの謎もあった。あのフランス好みでダンディな大佛は横浜に生まれ、ヨーロッパの知を学びつつ成長する。憧れの女性もモダンな女優である。

しかし一方、彼は鞍馬天狗を創案し、天狗シリーズは圧倒的な人気を博した。日本の大衆の中に生きた作家だった。

この両者は大佛の中でどう整合するのか。わたしは大佛次郎記念館にも足を運んでみた。海に向かってキャビンを思わせるような館内には、鞍馬天狗にまつわる展示が並び、部屋をかえてドレフュス事件やパリ・コミューンに関する写真があった。大佛が大きく関心をもった事件である。

蔵書の棚もある。フランスの作家たちの革製の全集が重おもしく並んでいた。

「先生が大量に買い込んだものですから、パリからコミューンの本がすべて消えてしまったそうです」

――そう言って、案内してくれたMさんが笑顔を見せた。

ユダヤ人ドレフュスの冤罪《えんざい》を信じ、位階剥奪に憤然と抗議したビクトル・ユーゴー。大佛は彼に激しい共感を寄せた。

ここにあるユーゴーの全集を、大佛はどのような思いで読んだろうか。大佛はドレフュス事件に人種差別の臭いを、かいでいたのではないか。

パリ・コミューンへの大佛の関心も、不当に虐げられる人間への同情と、官憲への大きな怒りに発している。大佛が終生、しかもたった一つ、心を寄せていたものは、もっとも人間的なる存在である底辺の人びとだったのである。

大佛の畢生の、しかも未完の大作『天皇の世紀』といえども、人間的なる者の存在証明のための時代史だったと、わたしは確信した。喘ぐように書かれた絶筆が目を射る。

わたしは大佛の心の中をすべて見たような気がした。

要するに鞍馬天狗は日本における怪傑ゾロだった。古く十八世紀、当時スペイン領だったカリフォルニアに集まった人びとの争いに、アメリカの作家ジョンストン・マッカレーは『怪傑ゾ

ロ』を登場させて、世界の大ベストセラーを作った。

大正九（一九二〇）年。大佛は当時の大流行にいち早く目をつけ大正十三年『怪傑「鞍馬天狗」』を書く。弱きを助け強きを挫《くじ》く正義の味方は、民衆の救済者としてのゾロの再生産である。ゾロは「騎士《カバイエロ》」だから、天狗も馬に乗らないといけない。

そこでパリの人間群像に目を向ける知の人大佛と、天狗作家の大佛は、まったく重なって動かしがたい。

じつは大佛は十年間、横浜のホテルニューグランドを仕事場としていた。大佛の『幻の義賊』はモーリス・ルブランの『813』を下敷にしているといわれるが（都筑道夫）、その部屋は318号室。大佛はホテルで特注のキャロットグラッセの大盛りをぺろりと平らげ、ソーダ割りの薬草酒ピコンを飲み、ふらりと近くの中華街へ出かけていったという。

すべてが融合感覚ではないか。

しかも彼が住家を離れ、幼年時代をすごした原点の横浜へ戻って培った感覚だった。

彼のダンディぶりは、このさらりとした融合主義《フュージョニズム》に由来するのではないか。

そこでもう一つ、大事な融合がある。天狗の活劇が歌舞伎仕立てだということだ。

このヒーローは時代も場所も、年齢も人間関係も一切の事実考証をこえたところで本領を発揮する。わたしはかつて歌舞伎とは日本の人間劇のアーカイブスからアトランダムに取り出した人情劇の組合せだと、いったことがある（拙著『日本人の祈り　こころの風景』冨山房インターナショナル、平成二十三年）。

鞍馬天狗のおもしろさは、現実をこえた自由さにある。日本人は歌舞伎感覚で天狗になじむ。この自由さも、大佛の融合となりダンディズムとなる。

ところで『霧笛』は、大佛のベースにもう一歩踏み込んだものを見せる。

小説の中の殴り合いや殺人は歌舞伎の荒事《あらごと》と違う。歌舞伎のような空想性は、まったくない。事実として港横浜が背負ってきた異質なるものの衝突があり、息苦しい現実の緊迫感がある。

主人公は白人船長の下僕《げぼく》であり、情を交した女は船長の愛人だった。主人公をとりまく群像は、暗黒の社会にうごめく屈強の男たちだ。

あの知の人大佛が直視した、パリにも生存した社会底辺の民衆が主人公である。そして早い話、天狗のおじさんは来てくれない。

結局、大佛はいつも覗機関《のぞきからくり》の覗窓を天狗の側に設定するのに、『霧笛』では覗窓を被虐者の側においた。

『霧笛』の活劇は融合に至る以前の葛藤の修羅なのだ。

葛藤の中で町の根っこの部分に押し込まれていく雑多な人間がおり、人間劇のから騒ぎ《ファス》がある。港町は堆積を沈めつづけ、やがて海霧の中で風景がかぎりなく融合にみちるが、やはり歴史の彼方から汽笛のように蘇ってくる霧的《ミスティ》な、から騒ぎの残響がある。

わたしが眺めていた外国人墓地の静かさは、死によって、から騒ぎが退《ひ》いていった後の風景だったか。しかし港町がこれからも残響を忘れることはあるまい。

冷たい海風の中で

石川達三『蒼氓《そうぼう》』
神戸

「流氓《るぼう》ユダヤ」と題した写真を見たことがある。昭和十五（一九四〇）年ごろ、ナチスドイツの弾圧を避けたポーランドその他のユダヤ人が、シベリア鉄道でウラジオストックに到り、日本海を渡り、こんどは神戸と横浜から、太平洋をこえてアメリカやカナダにさすらっていった。昭和十五年から十六年まで、一万五千人のユダヤ人が日本海を渡ったという（杉原幸子『六千人の命のビザ』）。

写真「流氓ユダヤ」は安井仲治（一九〇三―四二）らが昭和十六（一九四一）年、神戸でこの人たちの姿をとらえたものであった。表情の孤独、苦渋、陰鬱。鮮烈な衝撃がわたしを襲って、いまだにそれを、忘れることはない。

以来、神戸ということの写真を思い出し、わたしの心では流亡《りゅうぼう》の人の姿が神戸を代表するものとなってしまった。

そもそも島国の日本に、港は多い。しかしそれぞれ役割は、同じではない。ごくごく観念的にいうのだが、長崎には徳川日本の窓としての出島があり、横浜というと文明開化の彩りを消しがたい。

さらに近年になると、「岩壁の母」のイメージを除いて舞鶴は語れない。多くの港はそれぞれに歴史の証言をもつのだが、その中で神戸はさまざまに海外との関係をもつにもかかわらず、わたしには流氓ユダヤの港としての印象が消しがたいのである。

そしてこの流氓の港のおもかげを、いっそう強烈にしたものこそ、小説『蒼氓』にほかならない。

じつはむかしこの小説に接した時、蒼氓ということばがひどく新鮮だった。氓という漢字が流亡の民をイメージさせてしまうからだった（そんな意味はまったくないのだが）。

そして勝手にユダヤの流氓と結びつけていた。

ところが、いま『蒼氓』を読みかえしてみると、港町神戸にさらにもうひとつ、オムニバス・

ジャパンという別の単語が浮かんできた。ちぐはぐで、ばらばらな乗合い日本、という印象なのだ。

小説によると、昭和五（一九三〇）年三月、神戸の「国立海外移民収容所」に次つぎと各地の移民希望者が集まってくる。その数、千人弱。秋田から岡山から、和歌山から鹿児島から、それぞれの人たちが、それぞれのことばや民謡や舞踊など、地方の風土一切を、いわば家財道具として、一路ブラジルへと船出すべく、身をよせ合ってきた。

中には移民の条件をみたすために、にわか作りの、にせ家族を作った者までいる。一家という単位もあやしいくらいに、ばらばらなのである。

もちろん渡航の目論見《もくろみ》もまちまちである。地味も肥え農地も広大であって、コーヒー栽培は無限の富をもたらしてくれると信じている者、もうそれも過剰生産だから、養蚕をするという者。

ブラジルに永住しようとする者もいるかと思うと数年で小銭をためて帰国するつもりの者もいる。そればかりか渡航申請上家族をつくる都合で、身柄まるごと一時借りられて渡航するだけの者もいる。

じつは主人公佐藤孫市は家族づくりのために姉のお夏をまきこみ、お夏に他人と形だけの結婚をさせている。

さらに孫市の移民希望には、ひそかな兵役のがれもある。本人は否定しつつ、じつは無事出航できると、大きな安堵感に包まれる。

それでいて、全体をひっくくるものは「海外渡航発展移住者」としての壮図《そうと》である。

もちろん国としてはこの海外移住策は、農民の貧困を救う手段であるにすぎない。小説でも五階建てのビルを見上げながら、移民輸送の監督と助監督とが、「こんな大きな収容所を建てなけりゃならんと言うのは、やっぱり百姓が困っているからだろうなあ」と会話する。これが本音である。

ブラジルだけではない。当時は他にも満蒙開拓団があった。時代は日本が十五年戦争に突入する時である。軍備費がどれだけ国民の貧困を増大させていたかは、想像にかたくない。

ところがここに集まった人たちは、およそ国家のあり方とは別に、個々の生活をかかえて寄り合い、これから千里の波濤を超えていくだけの人たちであった。

何もかもオムニバスな日本。

まさに国自体が流亡のなかにあって、その国がかかえた流亡の人たちが、彼らだったのである。

まるで倉庫のように、この人たちを呑みこんだかつての収容所は、あの阪神・淡路大震災にさえ、びくともしなかったという。いま見上げてみても堅牢さを誇る。それなりに移民たちの精神をどれほどか圧迫しただろう。

いま収容所は名も「海外移住と文化の交流センター」とかわり、美しく黄色に塗られた建物となってそびえている。移民関係の歴史展示もあり、上の階は芸術の広場となっていて、快い活動がつづいている。
それはそれでいい。しかし、これまた移り変ってやまない日本の現代のあり様さながらであることが、妙にわたしを落着かせない。逆に、わたしにわだかまりを残した。

そのまま埠頭に出てみると、そこに立つ「希望の船出」像も美しすぎる。わたしは以前、ブラジルのサンパウロで再現されている移民の住家を見たことがあった。その質素さは厳粛な感動さえわたしにあたえた。

船出像の優雅さは、およそこの住家とイメージがかけ離れている。

石川はむしろ、美化された国策の中で悲劇を演じた農民の、生の姿を描こうとし、それに成功した。個人にとって国家とは何であったかは、石川がのちのちも文学のテーマとしつづけたものであった。

「交流センター」の裏側の窓からふと下を見おろすと、古い洗い場が残っていた。移民たちはここで洗面もし、洗濯もしたであろう。それを見た時に、はじめて小説の中の孫市やお夏の姿がよみがえってきた。

彼らをのせた船は、冷たい海風の中に第三突堤《とってい》を離れていったとある。わたしも第三突堤に立ってみた。三方を海とする突堤には、この日も同じように強い海風が吹きつけてわたしの衣類をなびかせ、突堤を包む海面にどこまでも波の凹凸をつくりつづけていた。

わたし自身にも体をつつむ人生流亡の思いがあった。

第六章

町という迷宮

都会の「故郷」

夏目漱石『三四郎』
東京・本郷

東京が首都になってから四十年ほどがたったころ、明治四十一（一九〇八）年に漱石が『三四郎』を書いた。

小川三四郎なる主人公が熊本の高等学校を出、東京の大学へ入学する。すべてが変化する生活の中で先生の広田、先輩の野々宮、同輩の与次郎らと会い、美しい里見美禰子《みねこ》にほのかな恋心を抱く。しかし美禰子は他の男性と結婚して三四郎の恋は終る。それらにともなって秋が深まり、季節は冬へと移っていく。

この中で美禰子はつねに謎にみちて登場する。結婚を三四郎に告げた時は「われは我が愆《とが》を知る。我が罪は常に我が前にあり」という。野々宮の妹よし子の恋人を奪ったことを、こう告げたのである。ことばは『旧約聖書』詩篇に見える。

さかのぼって初めて三四郎と美禰子が会話した時、美禰子は迷子になった自分たちが話題になると、迷子は英語で迷える子《ストレイシープ》だという。ストレイシープは『新約聖書』マタイ伝に見える。そして小説の全体を閉じる一行でも、三四郎が「ただ口の内で迷羊《ストレイシープ》、迷羊《ストレイシープ》と繰返した」とある。

まさに田舎から上京してきた三四郎は、いま巨大都市と洋の東西にわたる学術の府に放り込まれて、迷羊となっている。美禰子を求めるのも、迷羊のゆえに他ならないが、しかし一方の美禰子も、自分が迷羊であることを自覚している。九十九頭の羊をおいても探してくれる愛がほしいのである。

美禰子の中には遂げられない愛がある。その困惑の中で、友人の恋人を奪う修羅が彼女の体内にうごめくのも、新しい女性像と思える。それでいて一見、彼女は静かな理知の人である。その表情は作者が秋を代弁者として、こう読者に告げるほどだ。

風が女を包んだ。女は秋の中に立っている。

女は立っている。秋の日は鏡のように濁った池の上に落ちた。

と。しかしこの理知も近代日本が教養として女に与えたもので、理知がかえって女を縛り、時には女を奔放にしむけつつ、孤独の淵へと誘っていく。

この近代の孤独を、小説は三四郎における都会と故郷、美禰子と母親といった二極の対立や重層の中に、みごとに描き出す。

たとえば三四郎が友人に工面した金が戻らず、廻り廻って美禰子に借りる破目になると、三四郎は母に送金を頼む。母からの送金を男は枕元に置いて寝る。

美禰子から結婚を聞かされた時も、「下宿に帰ったら母からの電報が来ていた」という。何時帰郷するかを問合せるものだ。

この母はいつも結婚させたい「三輪田のお光さん」のことを手紙に書いてくる。これも東京と田舎の対比である。

だから三四郎の上京は、母からの旅立ちだったということができる。そしてじつはこれに漱石が仮託したものは、日本そのものの近代への旅立ちだった。

日本人をいっきょに大きな坩堝《るつぼ》の中にたたき込んだ近代化。喧騒をきわめる電車通りもそうなら、大学の講義もその一端である。権威ばかりがあって空虚な講義。要領のいい与次郎は批判できるが、田舎者の三四郎は、ただ迷羊になるしかない近代化を、漱石は問題とした。

さて、そんな三四郎を救ったものがある。大学構内の池、今の三四郎池である。旧加賀藩邸のそれは鬱蒼とした木立におおわれ、かなりな傾斜を下らないと達しない岸もある。起伏の多い東京には当然谷合いもあり湧水もあって、池も少くないだろう。その一つである。そして人工的な大学の建物の中でそこだけが自然の野趣を残している。つまりは近代が捨て去ろうとしている田舎の、辛うじて残るものが、この池であった。

三四郎はこの池のほとりで、初めて美禰子と出会う。この時ばかりは修羅や謎をひめた女ではなく、団扇《うちわ》を持つ古風ないでたちで、シルエットのように登場した。

そしてその後、美禰子は肖像画を描いてもらう時にも団扇をもつ。古風な女の安らぎを団扇に託したのではないか。団扇を採物《アトリビュート》と考えてよい。

肖像画は小説の末尾にまた登場するが、その題を「森の女」とするのに、三四郎が抵抗感を覚える。それは三四郎池で見た「森の女」である美禰子に感じてしまうノスタルジーを、否定したいからだ。現に、池のほとりの出会いの後、ぼんやりと三四郎は「矛盾だ」とつぶやく。古風なものへのノスタルジーと、一方のそれへの否定。

おそらく明治の迷羊は「矛盾」だらけだっただろう。

そして現代、東京という巨大都市には、もう矛盾もなく迷羊もいないだろうか。

いやいやむしろ逆に、現代はますます人間を矛盾だらけの迷羊にした上に、故郷も「三輪田のお光さん」も抹消しようとしているはずだ。

いまは、いっそうの矛盾をもった無数の三四郎が、この大学の校門をくぐり、真直ぐに安田講堂に向かって歩いているのだろう。

いち早く迷羊を画いた漱石が、救いの原点として三四郎池を設定してくれたのは、この上ない慰めだった。

先日大学をふらりと訪ねてみると、中学生とおぼしい将来の三四郎がたくさん無邪気に、安田講堂をバックに記念写真を撮っていた。

その傍らで三四郎池は、夏の暑い陽を遮るように生い茂る木々に包まれて、微動だにしない水面を濃緑色にたたえている。お世辞にもきれいとは言いがたい水面を出入しながら、わずかに波を立てているのは、数匹の亀であった。

亀ではないが、

古池や　蛙とび込む　水の音

という芭蕉の句を皆が名句だという理由は、日本の故郷の風景の描写にあると、わたしは考えている。だから芭蕉も三四郎と同じだといえば突飛すぎるが、古池に故郷を感じる点では一致している。

農業国日本は、あちこちに灌漑用の溜池をたくさん掘ってきたから、誰の記憶の中にも古池がある。三四郎も熊本の古池を心に抱えていたはずである。

無縁坂の渡り鳥たち

森鷗外『雁《がん》』
東京・湯島

そもそもこの小説を作者が「雁」と名づけたことをふしぎに思う読者は、多いのではないだろうか。

雁は、一編の物語がほとんど終った後に登場する。しかも、たまたま不忍《しのばず》の池の水面に浮かぶ雁を見つけて石を投げたところ、一羽に命中した。なりゆき上、夕闇を利用して死んだ雁を手に入れ、持ち帰って酒の肴にした。

それだけのことだ。

一方で物語は、無縁坂のほとりの妾宅に囲われたお玉の、岡田への恋心がこまごました心理の襞《ひだ》ひだを逐《お》って展開する。しかも本妻とのもつれも、小説は忘れずに書き込む。

妾宅に飼う鳥籠が蛇にねらわれ、大騒ぎする女たちの中で、岡田が蛇を殺して鳥を助けるエピソードもある。お玉との関係がいっそう親密になることを予測させるような筋立てである。それが本筋であることは間違いない。

にもかかわらず、全体を象徴する題を「雁」とするのは何故か。わたしの久しい疑問は、わたしだけのものではないように思う。

いやいや、それほど本筋と無縁の雁が、一編の象徴として据えられているとしたら、本筋に展開する誰彼が、また誰彼のそれぞれの関係が、雁のごとくだということこそ、作者の言い分だと心得るべきであろう。

岡田もお玉も、ちなみに観察者の「僕」も同じ学生の身の石原も、みんなみんな「雁」。鷗外はこの小説で渡り鳥《ワンダーフォーゲル》の群れを描いたのである。

この理解は、むしろ鷗外自身が読者に要求している節さえある。殺した雁を夕まぐれに捉えていく時、石原はふしぎなことをいう。

雁にたどりつくまで、目じるしとする枯れ蓮を基準にして自分を見ていて、延長線を外れたら教えてくれ、というのである。

そして「なるほど。Parallaxe《パララックセ》のような理屈だな」と岡田が答える。ちくま文庫版の注によると、このフランス語は「視差。眼と外界物象との相対的位置の変化による網膜上の映像の移動」だという。

秀才の岡田も妾に甘んじるお玉も、映像であるかぎり、相対的な位置関係からは渡り鳥に見える。

岡田はお玉からこれほどに慕われているのに、卒業をまたずに近く洋行する。渡り鳥の運命を具体的に背負っているのは彼だが、「僕」も石原も上京して無縁坂に止宿している学生にすぎない。

お玉の囲い主末造は、もと寄宿舎の小使だったが、高利貸で成功し、池の端に越してきた。変転の身の上で、内緒の妾宅を構えている。「立派な実業家だ」という触込《ふれこみ》を必要とする以上、心にはつねに翳りがある。

お玉も囲われ者としてゆとりある生活はできるようになったが、小さい時から毎日を共に暮らした父親が恋しい。次第に実家へ帰ることも多くなる。

もちろん末造の妻もお玉のことを知ると心の安定を失う。誰彼の口から、妾や旦那の消息を聞くことになる。

しいていえば裁縫を教えている女が安住者のようだが、しかしまわりの若い娘たちにとり巻かれている。賑やかなばかりで入れかわり立ちかわりする集団であろう。

しかもこの渡り鳥たちをおいた場所が無縁坂だったことが、申し分ない。この坂を無縁坂とよ

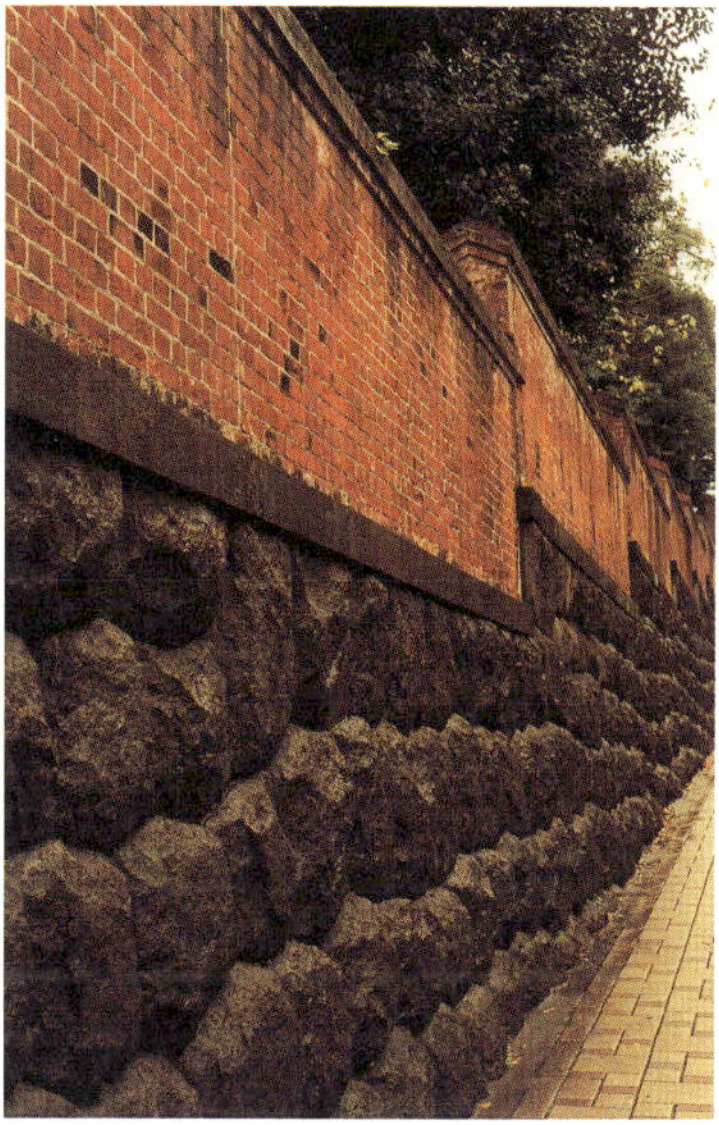

ぶのは、古く奥州街道だったこの地に無縁寺があったからだというし、その無縁とは「無縁の慈を以って諸の衆生を摂す」（観無《かんむ》量寿経《りょうじゅきょう》）によるともいわれるが、凡俗のわれわれには、無縁の者を葬る無縁寺の方が結びつきやすい。
なにしろ、もと講安寺の隠居寺で、無縁寺と称していた称仰院《しょうこういん》の旧地からは、貞享から天明にかけての人骨三百体あまりが発

掘されたという。

少くとも、ことばによってイメージを織っていく小説では、無縁を表明するこの坂に集る、渡り鳥たちの群れを描くことが大事だっただろう。無縁の慈愛などとは、およそ縁無き衆生たちの集団だった。

じじつ、いま、無縁坂を歩いてみても、往時をしのぶことができる。

旧榊原邸だったといい、つい最近まで岩崎邸だった邸の石垣が、苔むした壁となって片側にそびえ立つ。以前立ち寄った時に、別棟に撞球室《ビリヤード》があって驚いたことがあった。

反対側には旧無縁寺ゆかりの講安寺の山門がある。

坂を下りると不忍の池である。小説には「寂しい無縁坂を降りて、藍染川《あいぞめがわ》のお歯黒のような水の流れ込む不忍の池」とある。

不忍の池は、もと入江で、周囲が陸に囲まれてできた池だという。そういわれれば海の荒あらしいイメージもある。昔はよく氾濫したのだという。カリもカモも飛来したという。

小説が設定した時代は明治十三（一八八〇）年、明治の新時代はまだまだ江戸時代の落ちつきを取り戻してはいなかっただろう。

大名の子は大名、蛙の子は蛙という弊習はなくなったとしても、旧秩序から抛り出された民衆はどうやって「安分」からの浮標《ブイ》に対応すればよいのか、戸迷いばかりの時代ではなかったか。既存の絆がほどけてしまって、孤立無援の中におかれた民衆の、よるべなさは想像にあまりある。

また洋行ばかりが流行《はや》りながら、あい変らず日蔭の身に泣く女も少くない時代の中で、選良の学生たちは、どう未来図を描けばよいのか、思案に窮していたにちがいない。

あらゆる習慣にも価値観にも無縁な新世界にさまよい出た若者たちは、今日以上に「無縁社会」をかかえていたのではないか。

あの不忍の池の渡り鳥は、お歯黒のような溜り水の中で気まぐれな投石によって死んだ。鷗外は見方の違いという条件をあたえて、この絶対的な無縁から彼らを救おうとしたのか。しかし所詮、視差という手段では救いきれない無縁の絶望を、明治は抱えていたと思う。

虚妄《バニティ》の明治《メイジ》。そう思うと、あの岩崎邸の重厚な撞球室に溜っていた暗い空気が、改めてしばらくわたしの心に澱《おり》のように重く沈んだ。

万華鏡が止まるまで

樋口一葉『たけくらべ』
東京・吉原

むかしは町に、子どもたちの姿があふれていた。彼らは仲間どうし、いち早く面白い物を見つけては、どんどん遊びをこしらえていった。

子どもを主役とする祭りも、けして少なくない。祭りが近づきでもすると、子どもの楽しみはもう毎日、その日を待ちこがれることに集中する。

ことに『たけくらべ』の舞台は、吉原という廓《くるわ》が明暦《めいれき》以来明治半ばまで、二百年以上の歳月の中で、作ってきた町だ。大門《おおもん》の中の華やぎや心意気を、風が町にまで運んでいく。子どもたちも、その風につつまれて育つ。

子どもたちはひそかに仲間をふやす画策《かくさく》をしたり、集団で殴り込みをかけたりと、集団自体も流動的で、つねに一方の雄《ゆう》である子もいるし、即かず離れず行動する子もいて、きらきらと光る動画のように目まぐるしく変る。

この小説も、そんな子どもたちの賑やかな描写から始まる。

一方、この落着きのなさは、町の構造にも原因がある。現地を歩いてみると、廓が自然に作り出した町なのに、菱形の廓と四角い町とが、しかも斜交《はすかい》に交差し、まことに奇妙な組合せなのだ。

そして廓と町の交差する三角地帯が、じつは小説の舞台であった。作家はその上に、町中や町と廓をあわただしく行き交う群像をおいたのである。

斜交なのは廓と町の関係だけではない。

田中屋の正太は女主人公の美登利にあこがれている。しかし美登利が好きなのは龍華寺《りゅうげじ》の信如《しんにょ》である。

ところが美登利も信如もあわい恋心を抱きつつ、遂げられない。活発な子どもたちの動作とは裏腹に、陰翳にとんだ恋である。そのことで一途に明るい子どもの風景が、あわい陰画もあわせ持つことになり、子どもの群像も奥行きを深くする。

さてこんな子どもの群像を作者・一葉はどんな思いをもって描いたのだろう。執筆は一葉二十三歳のころだ。わが身を美登利の年齢とくらべると、十年前の世界になる。十年前の世界に一葉は、万華鏡を覗くような世界を創造したのではないか。

万華鏡は、筒の底に、一瞬一瞬の美しい模様を作り出しながら、くるくると図柄を変える。多面体の鏡の中で、きらきらしく輝きながら、図形が右往左往する。

さながらに祭りの日の子どもの姿のように。

もちろん一葉の少女時代、十二歳から十六歳は上野黒門町《くろもんちょう》にいたころだから、舞台となった下谷の龍泉寺町時代より前である。楽しい子どもたちの夢の風景を、一葉は大人となり、貧困をきわめた龍泉寺町時代に身のまわりを動きまわっていた子どもたちの上に、造形したのだった。

その中にはあわい翳りをもった美登利と信如が作る図形も書きこみながら、一葉は万華鏡を覗《のぞ》き見るように、わが少女時代を追憶したかったのに相違ない。

しかし小説は、覗き見る万華鏡の中が動きをぴたりと止めるように、終末をむかえる。もういくら廻しても模様をかえなくなったと告げんばかりに、中は暗闇。いや、壊れてしまって、もう廻らなくなったのかもしれない。

その、動きを止めた日を小説では「かの日」だという。美登利が廓の大巻《おおまき》と連れ立って、京人形のように飾ってもらった折しも、「憂《う》く耻《はず》かしく、つつましき事」が美登利の身にあった日である。

時を同じくして一方の信如も、僧としての修行のために町を去る。その日、誰ともしれず美登利の家の門の格子に、一輪の水仙が挿されていたという。水仙は決別する子どもの日への哀惜のしるしだった。

さようなら子どもの日よ。

それでは大人になった後にはどんな風景がまっているのか。

じつは町の主《おも》だった子ども、たとえば信如や正太や長吉の親はそれぞれに寺の仕事、高利貸、廓の世話役をいとなむ者たちであった。廓が自然に育て上げた町に不可欠の、これらの職業が子どもを待ちうけていたのである。

小説で信如の龍華寺のモデルとなった大音寺ではないが、そのすこし北にある浄閑寺は投げ込み寺といわれ、最近までの三百年にわたって遊女が投げ込むように葬られた寺である。その数は

二万五千人だという。

　廓の世話役や高利貸はもちろんとして寺もまた、廓が生んだ町に必要なものであった。

　町の子どもたちもそのままこの町の大人になっていかざるをえない。子どもたちが大人への入口にさしかかることをもって、万華鏡が華やいだ映像を閉じるのは、当然だろう。

　万華鏡の中では美登利も、同じ運命の中に、少女時代と決別するはずである。それでは万華鏡の中に龍泉寺時代を少女時代として回想した、一葉の実際は、どうだっただろう。

　さかのぼって一葉の少女時代、上野黒門町時代といえば、そのころ彼女は渋谷三郎という秀才と知り合う。時に一葉より四歳上の十七歳。しかし四年後に縁談は破談に終る。

そして龍泉寺町時代、一葉は、一銭二銭の商いと病軀に悩む日びの中で、わずかに周辺の子どもの上に楽しかったわが少女時代を仮想して、夢うつつともなき万華鏡を廻しながら貧困に堪えた。その中で「師の君」と慕った半《なから》井《い》桃水《とうすい》と、師弟関係を切らざるをえなくなる事件が起きた。回想の万華鏡の中にも、一葉自身の美しくて切ない変相図が、ぎっしりとつまっているのである。

こうして『たけくらべ』に自画像を描いた連載の完結後、一葉には九か月の命しか残されていなかった。

万華鏡はふたたび覗かれないまま、一葉の手から永遠に失われていったのである。

迷宮のパラドックス

永井荷風『濹東《ぼくとう》綺譚《きたん》』
東京・玉の井

川を越えた向うに遊廓を作ることは、古くから日本が受けついできた、都市構造の習慣だった。

とくに向島の玉の井は、関東大震災で焼けた浅草吉原あたりの私娼が、集団で移住した場所で、時には千人を越える娼婦がいたという。

そこに住む女、お雪のもとに通う男の話が『濹東綺譚』である。

男は作家、目下『失踪《しっそう》』という小説を書いている——という筋を立てながら、『濹東綺譚』がそのまま「失踪」男の物語となる。小説のこの二重構造が、たくみに読者をあやつる。

二重構造にはさらに大きなわなもある。「失踪」というからには都会から失踪した男は、影も形もなくなっていなければならないはずだ。にもかかわらず玉の井に登場した男は町を歩き、女と情をかわし、心の内まで克明に描写されて、きわめて明瞭な姿を見せる。

「失踪」どころでないのは、言うまでもなく基点が違うからだ。都会の、とくにラジオの騒音や隣人関係から失踪した男は、舞台の暗転の後に玉の井に現われて主人公となり、またそこから元の都会へと失踪する。

まるで、コインの裏表のような男の姿は、だから「出現」という名の小説として書かれるべきであったのに、これを「失踪」ととらえたところに、作者の穿《うが》った主張が見える。

じつは人間の行動とは、つねに失踪なのである。

人間という名のしたたかな失踪者。動物は失踪者にはなれないだろう。

だから失踪をひとりで決めこむ人間はピエロめいて見える。

そこで辞書をひいてみよう。「綺譚」とは「世にも珍しく面白い物語・言い伝え」とある。失踪譚は隅田川の川向うの、世にもふしぎな話なのである。

また主人公は玉の井へ行くのに服装さえかえればいいという。つまりこの何気ない一項目は、歌舞伎などでいう「窶《やつ》し」（いやしい姿をすること）に他ならない。

身をやつすことで、人格が変化する。その変化で獲得する二重の立場を、日本は古来大事にしてきた。

変装は巡査からとがめられないためだと作者がいうのは、オドケにすぎない。そんな理屈を剝《は》いでおかないと、作者が慎重に用意した「もう一つの自分」が主人公であることを、見落すことになる。

玉の井は、この綺譚を十分に支える世界として、用意されたと見る必要がある。はたせるかな、作者はいやというほどに詳しく町を紹介する。とくに店や通りに固有名詞をあたえて臨場感をもたせ、店みせの並びを告げつづけ、町の通りを幾度も行き来する。

しかし、作中の「玉の井地図」は大まかには現実につきとめられるにしろ、克明なわりに現実と合わない。小説の舞台など、どれもその類いだが、じつはこれも意図的なのではないか。

作者はいう。ここは迷宮《ラビリント》だ、と。

もちろん遊廓が、整然と建売り住宅の並ぶ新興住宅地の如くであるはずはないだろう。しかしここは娼婦の人生さながらに道も細かく入りくみ、それこそ「ぬけられます」という看板も必要なところなのである。

実際に旧玉の井を歩いてみると、狭い露地があちこちに見られ、小路は曲りくねる。四角な町ではないから、すこぶる方角がわかりにくい。

しかし、ここをあえて迷宮とよんだ理由は、じつは中心にひとりの女をおいたかららしい。たとえば古代ギリシャ、クレタ島のクノッソスの宮殿をギリシャ人は迷宮とよんだ。リトアニアの考古学者、マリヤ・ギンブタスは鳥女神、蛇女神らの「棲家《すみか》は水面の底深く渦巻く迷宮の彼方にある」という（鶴岡真弓訳『古ヨーロッパの神々』言叢社、平成元年）。

女神よろしく迷宮の中心にお雪をおいてみると、なるほどこの女は、ふしぎに翳りがない。良家の女らしく、性質は快活、顔立と全身の皮膚は綺麗、正直とも醇朴《じゅんぼく》とも

いえ、周囲の陰惨さから隔絶されている。

正体はこの世界の女らしく不明。なぞめいたところが、かえって海底の鳥女神に通う。なにしろ若き日にアメリカに学び、フランスに渡った荷風である。迷宮の中心にいる女王を玉の井に忍ばせる遊びがあってもふしぎではない。

じつはこの小説の中で作者は女を窓の女とよぶ。玉の井の娼家では、開戸《ひらきど》の横に窓があけられていたらしい。

一方、ヨーロッパには「飾り窓の女」という表現がある。ハンブルクがその名所としての「汚名」をきせられてしまっているが、そのまねかもしれない。

荷風自身が玉の井の窓を特別なものと認め、誰が考えたのか「巧みな工風である」(「寺じまの記」『荷風随筆集』岩波文庫)というのは、ヨーロッパの風情をよしとするものだろう。

荷風といえば、『つゆのあとさき』や『雨瀟瀟《しょうしょう》』にあるような、三弦の音と雨に包まれた下町情緒を思い出しがちだが、それとこの作品を区別してみる必要がある。

はからずも作者は、ここに青春の渡欧の日の残影を見たのだろうか。

たしかにあの玉の井の町は急激に変貌をとげつづけた東京と川を距てて、妙ななつかしさ――

古風に身をゆだねた姿も、家並が見せてくれる。

大きく湾曲する「いろは通り」の名がいい。とある惣菜屋の店先で昔のことを尋ねると、店先の女は、この町は人情に厚いと、にこにこと語ってくれた。

千人を越す私娼がいた町。

藪蚊や溝のすえた臭い。

貧困なくらしや性のひさぎにさいなまれ、かけ引きも多いはずの魔界に、「迷宮の女王」を見出した荷風には、そのパラドックスがうれしかったのだろう。

うれしさの一端に、青春の日の滞欧経験がよみがえっていたとすれば、これも読者にとってうれしいことだ。

坂をのぼる男と女

円地文子『女坂』
東京・品川

東京には坂が多い。その坂を東京の象徴として、これほど巧みに人生に取りこんだ小説は、他にないのではないか。

円地文子の『女坂』のことだ。

女主人公倫《とも》は、熊本から東京に出、官途に一定の出世をはたした同郷の夫に添って、波乱にとんだ一生をすごす。

これを「女の坂」と呼べば、坂をのぼる「女の一生《ユンヌ・ヴィ》」は巻末の数ページに描かれた倫の姿に、すべてがつくされている。

この日、帰路についた倫が停留場で電車を降りたころから、雪が篩《ふるい》にかけられたように落ちはじめた。あてにした辻俥《つじぐるま》もない。疲れた体を引きずりながら御殿山の上の邸へと戻る。

重い傘をすぼめて杖がわりとし、肩掛を頭から冠って雪を除《よ》け、とぼとぼと坂道をのぼっていった。

読者はこれを読んで、だれもが先立つストーリーのすべてを思い出し、全編の縮図として雪の坂道をイメージするにちがいない。

そのストーリーとは、まず夫から妾さがしを命じられるところから始まる。妻妾の同居にのちに、さらにもうひとり妾がふえ、出来の悪い息子の嫁と夫が、長年交わりをもつという事件も起こる。嫁がうんだ七人の子のうち、どれが義父の子か、正確にはわからない。

出来の悪い息子には正反対に優秀な子がうまれる。倫はこの孫を生き甲斐にするが、ふと気づくと、孫は異母妹に恋しているらしい。大いそぎで倫は、美貌の妹を他家へ嫁がせてしまう。

これらを経験しつづける生涯を、人生の坂にたとえるのは、まことにふさわしいだろう。しかも女ゆえにたどらなければならない坂道である。助けてくれる俥屋もいないような日もある。生きていく杖も持ち合せず、傘を杖に代えて、雪は降りかかるにまかせるしかないような日もある。

倫は、この道で「片方の手には書類を入れた織物の信玄袋をしっかり持っている」。このように、人生の課題を気軽に捨て去れる女ではなかった。

さてこの倫の「女坂」をわたしが体感したのは、北品川から町を青物横丁まで歩いた時のことであった。

品川区はいまも昔のおもかげを大切にしていて、往時を手ぐりよせるのに、それほど手間はいらない。

海岸ぞいだったこの街道は、江戸の入口として多くの旅人を迎え、品川沖の海産物や、近隣の農村から運ばれてくる青物が豊かに並べられつみ上げられて、殷賑《いんしん》をきわめた町人の世界だっただろう。

一方黒船を迎え、あわてて沿岸にお台場

が築かれたように、ここは外国との重要な境界でもあった。出入を監督するように立つ御殿山は江戸の防備にとって格好の拠点だった。

明治維新後、閑雅《かんが》な邸宅地となった御殿山は、本来、余生を送るような場所ではなかったはずだ。江戸の桜の名所は、ここと飛鳥山だという。

しかし飛鳥山の桜は京の醍醐の花見をまねたものだったから由緒も深く、格調も高い。反対に御殿山の桜は民衆のためのものであった。

それは、由緒正しい貴紳の別荘が江戸の市街の奥に営まれたのに対して、維新後の成功者の別荘がせいぜい御殿山どまりだったこととひとしい。

それらのことを思えば、夫の白川行友が大書記官（いまの副知事）などを経て、ここに隠居所を定めるという小説の舞台設定に、御殿山は申し分ない。

御殿山は庶民が行き交う品川の宿から坂道をのぼって達する、まるで庶民の上に君臨するような場所だったのである。

そもそも小説は浅草花川戸《はなかわど》の、隅田川の明るい水明りを受ける場所から始まる。そこにいるのは、昔、若き白川夫婦の隣家にすんでいた女である。

倫はこの古なじみのってをもとめて、夫の妾さがしに来たのだった。

御殿山の大邸宅は、そんな住家から出発した男が栄達ののちに手に入れたものである。

この栄達の道程こそ、わたしが品川宿から旧東海道を歩き、青物横丁という名をいまだに残している商店街に達して、そこから御殿山の高級住宅地へと坂をのぼっていった行程と、同じであった。

すなわち道が山上へと海抜を高くし、あたりの建物が瀟洒な白亜にかわるにつれて、品川の宿にみちていた明るい庶民のにおいは、嫌悪すべき臭気とされるように思えた。

白い住宅群が消毒剤をかけられ、漂白された建物のように見える。

作者は、このプロセス——隅田川の水明りから、海までも見渡せる山上の豪邸への移動を、東京の小吏（おそらく）から地方の大書記官を経、警視庁の高官にいたる男の出世と、そして一方の倫の身上の負荷の加重とに、みごとに一致させた。これがそれぞれに男女の坂であった。

男の栄達とは何か。

なかんずくそれは、女にとって何であったか。

「やっぱり私は負けましたね」とは、倫が行友より先に死を予感した時のことばである。

しかし、死後「死骸を品川の沖へ持って行って、海へざんぶり捨てて下さ」いという倫の伝言を聞いた行友は、「この邸から立派に葬式を出す」といいながら「傲岸《ごうがん》な彼の自我に罅裂《ひびわ》れる強い響き」を感じる。

男が御殿山へと坂をのぼりつめた栄達は、所詮簡単に罅裂れてしまうものにすぎなかった。いかに豪邸を山頂にかまえようとも、男の栄達とは、女をして、重荷をかかえながら雪の中をとぼとぼとのぼっていかせることに、すぎないものだった。

そう思いいたると、またあの品川の町の狭くるしい通りに人がひしめいていた温かさが、よみがえってくる。

そういえば、あの日も、けっして天気のいい日ではなかった。むしろ小雨が降っていて、山へのぼっていく道は妙に白じらとしていた。しかし反対に坂の下の町は温かい灯ともし頃の風景にあふれていた。

古き良き伝統への思慕

谷崎潤一郎『細雪《ささめゆき》』
芦屋

大正十二（一九二三）年、谷崎潤一郎は関東大震災で自宅を失った。これを機に関西に移住、ついに東京へ戻ることはなかった。

このことは、懐かしき生まれ故郷が跡形もなく消え去り、近代都市として再生した東京に対しては、傍観者のままに生を終えたことを意味する。

いやむしろ、疎外感さえもっていたのではないか。

谷崎にとっての関西とは、この失われた古き良き物への夢を、やさしくいたわってくれる土地だったといえるだろう。

と同時に、関西へ来て谷崎は私生活の上にも安らぎをえた。佐藤春夫との妻千代をめぐるいざこざも過去のものとなり（正式な離婚は昭和五年）、古川丁未子《とみこ》とのつかの間の結婚もあったが、西下とほとんど同時に松子を知り、昭和十（一九三五）年に松子との結婚が実現する。

以後、住居を「倚松庵《いしょうあん》」と命名するほどの信頼を松子によせて、谷崎は生を全うした。

谷崎の生身をめぐる修羅は激しかったけれども、その修羅からの脱出も、関西の地において果たすことができたのである。

いまも芦屋付近に二つの旧居が残っている。

一つは当時の北畑天王通り（現在の神戸市東灘区本山北町）の家。谷崎はすでに丁未子と結婚していたが、丁未子を遠ざけてここに住み、以前から愛し合っていた松子が通ってきた家である。

谷崎とて、こんな憂目を望んでいたはずはない。丁未子も残酷な仕打ちをうけることになる。おそらく松子という永遠の女人と結婚するまでの煉獄の日びをここに送っていたのであろう。

この煉獄の家は、いま無人のまま老朽に耐えている。家主に立入りを許してもらい、草おい茂る庭にかろうじて足を踏み入れて屋内に入ると、雨漏りが壁にしみを作り、湿気を吸込んだ畳はふくれるにまかせている。

それは谷崎の煉獄さながらに見え、わたしはしばしことばもなかった。しかもここには、演じられた密会の生なましさが、息苦しくそのまま残されているように思えた。

いかにも人目を忍ぶ恋の隠れ家ふうでもあった。

また一つ、東灘区住吉東町に倚松庵がある。こちらは、当時の住吉村反高林《たんたかばやし》の旧居が百五十メートル北に移築されたものだ。道路工事のためである。

肝腎の離れ（書斎）は欠くが、それ以外は元のままだという。

ここへの転居は松子との結婚後二年ちかく、すでに幾つかの話題作によって谷崎の名声は高く、身も心も安定していた。移築ゆえに写真に見る旧居の堂々たる風格はないが、屋内は『細雪』の描写と寸分たがわぬ造りで、いまここに蒔岡《まきおか》家の人びとが生活しているような錯覚すらおぼえた。黒白のダンディなドレスの小鳥は四十雀《しじゅうから》か、しきりに番《つが》いの二羽が庭の木に枝うつりしている。

谷崎はこの時点でやっと東京を離れた意義を完了させたと思ったはずだ。結婚と同時に始めた『源氏物語』の現代語訳も倚松庵で脱稿。刊行についで、昭和十八（一九四三）年一月からの『細雪』の連載も芦屋で始められた。

ただ『細雪』は二回で軍部によって掲載禁止となる。完成は倚松庵を離れた京都時代ではあったが、本来ここで書かれるべきであった『細雪』の執筆が、背景に芦屋を背負っていることは、疑うべくもない。

それでは谷崎は『細雪』で何を書こうとしたのか。

主題はひたすらに、典雅で良質な日常にある。これこそが東京にいま失われたものであった。失われた、尊ぶべき典雅な品格を描いて倦《う》まなかったところに、この超大長編が誕生した。もとより谷崎の代表作である。

作中、本家の長女鶴子は東京にいて、東京さながらに妹たちと異質である。そして東京にいるべき三女の雪子は、東京になじまず芦屋に戻りがちで、この雪子と次女幸子、四女妙子ら芦屋の三姉妹が主役となる。

もちろんもっとも尊重されるのは、ほとんど「ふん」と「はあ」しかいわない雪子である。しかし雪子という陰翳にとんだ、この女性の繊細な雪――「細雪」こそが大切で、細雪を託すべき男性はざらにはいない。そのために幾度も見合いに失敗するほど、雪子の愛は尊重される。

一方でこの典雅さを破壊しようとする大敵も、いくつか設定されている。

まずは洪水という大きな自然災害。が、男たちの身を挺した活躍などがあって、これからも一家は無事である。

戦争も迫ってくる。暴力的な「ぜいたくは敵だ」という国家からの安手のかけ声。しかしこれに対しても一家は、美しさを気位によって守ろうとする。

じつは『倚松庵よ永遠なれ』（たつみ都志著、神戸市発行）という冊子に戦争中の「隣組の演習」の写真がある。そこには幸子に擬せられる松子がモンペをはき、頭巾をつけて担架《たんか》の横に立っている。これは空襲などによる怪我人の搬送演習で、直後に松子は担架をかつがされて走ったはずだ。これが現実であった。

そして最大の敵役、「当世」という時代風潮を末の妙子がつとめる。職業上の自立感覚、自由な振る舞い、危険な友人関係そして結婚前の妊娠、これらが妙子に割り振られた。しかし死産。まれに見る美しさをたたえた赤子だったという。奔放な振る舞いは、じつは内側に抱えた端整さへの「当世」からの攻撃だったと読者には読める。

当時の日本人は戦争、貧困、統制、飢餓などさまざまな危機にさらされていたのに、しかし小説は一切これを描かない。乱雑な時代の陰画としての、貴重な心の日びを描きつづけたのが谷崎であった。

古き良き日本、それを虚構にしろ可能にする舞台は、芦屋にしかなかったのである。芦屋は新興東京からはもちろん、幸子の夫・貞之助が事務所をおく、商都大阪からも遠い。こうした芦屋の地で小説の中に谷崎が夢みたものこそ震災前の東京、しかもその下町の、わが出生の地の優雅さであり、遥かな時間をとおして保有されてきた美しい日本の伝統だったと思われる。

もちろん高雅な日常を描いた『源氏物語』をその遠景の中においてもよい。

ここ芦屋付近で、谷崎は修羅をかかえた旧居も含めて幾度かの転居を試みつつ、倚るべき庵を探していたのだと思いながら、わたしは倚松庵に長い時をすごした。

「演歌」になった恋

尾崎紅葉『金色夜叉《こんじきやしゃ》』
熱海

尾崎紅葉が『金色夜叉』を連載し始めたのは、明治三十（一八九七）年だった。といえば近代日本が遭遇した大戦争——日清、日露の間のことだ。世界の大国に、ともに勝利するという夢のような結果に、国威とみに揚り、明治の富国強兵のスローガンはますますボルテージをあげつつあった時代である。

その中で要求された男性の理想像は、猛き武士《もののふ》の姿だったはずだ。これは『金色夜叉』の主人公、間貫一《はざまかんいち》の姿とみごとに一致する。

この小説のクライマックスは、何といっても前編の熱海の海岸だろう。来年、再来年の一月十七日、今月今夜のこの月を涙で曇らせてみせるという名科白《せりふ》、そして泣き伏すお宮を「姦婦《かんぷ》」

といって足蹴《あしげ》にするシーン。

この一場がなければ『金色夜叉』の今日までの生命はなかったかもしれない、と思わせる名場面である。

ところが、貫一は最高学府に進もうとするエリートであり、それこそ「末は博士か大臣か」という立場にある。その知性を読者に疑わせるごとく貫一は頑《かたく》なであり、粗暴である。

それを知ると、読者は思わざるを得まい。明治の文明開化は、何ら歴史を変更しなかった、と。

幕末まで支配者だった武士は合戦を事とする、それこそ合戦夜叉だったが、いま髷《まげ》を斬り刀を棄てても、あい変らず権威への戦士であり、実業家になれば利潤への夜叉に衣更えするにすぎなかった。

お宮に復讐を誓った貫一はいみじくも、合戦の夜叉が金色の利潤の夜叉になっただけの話である。

少くとも、『金色夜叉』の前編でみるかぎり、文明開化は世の男どもを、何程も進歩させなかったのだという、作者・尾崎紅葉の痛烈な皮肉を、わたしたちは無視するわけにはいかない。

一方、宮はどうか。貫一との対話の中でも宮は醒めている。他家に嫁《とつ》いでも末ずえ貫一の力になりたいと願っている。宮の肚の中にある言いたいことは「あんまり言難い事ばかりだから」口に出さないだけだと作者は語らせる。

少くとも愛において宮は成熟している。「心を許し肌身を許せし初恋」をしながら、他に嫁ぐという倫理観まで、許容していたようにさえ読める。これを「姦婦」とののしって止まない倫理観とは、大変な相違がある。

それでいて言い分を貫一に拒絶され、貫一と距離ができると、宮は狂乱といってよいほどに貫一を恋し、無惨な仕打ちをうけるにもかかわらず、貫一に逢うことを願う。

のみならず続編の最後にはみずから死を遂げようとする。愛は死をもって完成する趣さえ見せる。

宮の狂乱が熱海の夜の沈着さと整合しないという非難まで、起こりかねない急変ぶりだから、打算を愛の理想としているわけではない。

しかしこうした宮の姿から読者が訴えられるものは、女における愛の自由さ、主体的能動性である。紅葉がそれをこそ、新しい時代の女性像として、描きたかったのだろうという推測もできる。

『金色夜叉』は中編、後編、続編、続々と書きつがれるが、そのふしぎな継続は、一旦死んだかに見えた宮を蘇生させ、一層の愛の深まりを描きたかった結果だろう。紅葉が執拗に描きたかったものの中心は、文明開化を経て成長した女性像だったと考えてよい。

明治という、歴史を一新したかに見える時代は一体、何物だったのか。他でもない、男を置き去りにして、女が大きく人間として成長していった時代だったというのが、紅葉の歴史観らしい。

そう考えると、おもしろいことがある。

熱海の名物となっている、お宮の松のことだ。あの下で活劇を演じたのは二人だったのだから、貫一の松とよんでもいいはずだ。

ところが誰がいつ言い出したともなく、お宮の松というのは、おもしろいではないか。よく仲間といい合うことがある。天下の恋の主人公は、お夏清十郎、江島生島というのに、お宮の場合だけ、貫一お宮というのはなぜか、と。

そうまで貫一は優先してもらっているのに、松に関しては、貫一の松では様にならないのである。この夜のドラマは、やはり宮が女主人公《ヒロイン》だった。

宮は蹴飛ばされて地響きをたてて倒されたとある。その挿絵をもとに今も暴力的な場面の銅像が立てられているのに、蹴飛ばされた女を主人公として松が呼ばれるとは。

なにしろ熱海という町は、明治の大政治家や大実業家、そして文豪たちが作ったといっていい。伊藤博文、山県有朋らの明治の元勲が集まり、坪内逍遙が居をかまえ、例の梅園は横浜の豪商、茂木惣兵衛《もぎそうべえ》が一万坪を開拓して植樹したのだという。

そのために東京からの交通も整備される。小田原―熱海の人車《じんしゃ》鉄道も、実業家の雨宮敬次郎《あめみやけいじろう》らによって敷設された。

紅葉が熱海を訪れ、小説の舞台としてここを選んだのも、これら明治前半の「熱海熱」を、よくも悪くも利用した結果だろう。

そんな新時代の町のまっ只中で、将来は町で豪遊するかもしれない男から、若い女が足蹴にされたという話が「お宮の松」の由来譚なのである。

おまけにお宮の松の下に立つと、演歌調のメロディが流れてくる。例の宮島郁芳作詞作曲の「熱海の海岸散歩する……」というものだ。

これはどういうことか。生きることに目ざめながら、しかし男からは関係を楯に足蹴にされ、後は恋にうつつともない女——。近代の女を誕生させながら結局は「演歌」の中でしか女を生かしつづけてこなかった日本人の心の仕組みを、松の下でわたしは思いつづけていた。

このメロディアスな演出が、宮さえも単純に湯の町の女に融解してしまう、湯の町のエレジーなら、空しい。

迷子石のある寺

室生《むろう》犀星《さいせい》『性に眼覚める頃』
金沢

犀星は金沢で、父とその小間使《こまづかい》との間に生まれ、わずか一週間を母親の元ですごした後に、雨《う》宝院《ほういん》にあずけられた。そして住職の養子となって室生姓を名乗ったという。

このいきさつを、犀星自身が日本経済新聞の「私の履歴書」で語るところと重ねると、父の家に出入りしていたお初という女が、好んで問題のある子を引き受け、女の子は年ごろを迎えると遊里に売り、男の子は仕事をさせて収入を得ていた、その内の一人の子が犀星だったことになる。

そしてこの出生は『幼年時代』や『性に眼覚める頃』の「私」とよく符合する。

この二作は、出生ならびに幼き日のわが哀しみへの、鎮魂《レクイエム》といってよいのだろう。

とくに犀星が故郷を恋い、しかし帰るところではないといった名詩の作者であることを思うと、犀星はいったい何処の何をさして故郷といったのかという哀しみにつき当たる。薄幸にしか恵まれなかった不安定な幼年そのものが、彼の故郷だったのだろうか。

わたしは雨宝院の一隅に「まよひ子」（迷子）と刻まれた石標を見た時、すべてが了解できた。犀星は人生にさまよい出た。実の母を求める心の闇にまよい、養母からの侮蔑の中にまよい苦しみ、そして生涯、女人への思慕を抱きつづけて、出生のまよいから逃れ出ることはできなかった。

じつはこの石標は迷子の側からは親をたずねる情報をこの石に託し、迷子を知る側からは迷子の情報をこの石に託す仕組みのものだったらしい。寺院そのものが、人の集るところであり仏縁を結ぶ聖域だったから、まよいからの解脱を人びとは期待しただろう。能に登場する、四天王寺の弱法師《よろぼし》もその一つだ。

このゆかりに縋《すが》って「まよひ子」石は捨子の場所でもあったらしい。酷な言い方をすれば犀星のように金をつけて里子に出される子は、捨子と五十歩百歩だろう。

捨子は天狗に育てられるという。雨宝院にも裏に天狗の棲む森があった。牛若丸を天狗が育てた譚《はなし》があり、大佛次郎の『鞍馬天狗』に杉作が登場するのも、この深い民俗の心意に属している。

雨宝院の「まよひ子」石の下に捨子があっただろうことは、寺に隣接して遊廓があったことからも推測できる。金沢藩が浅野川と犀川《さいがわ》に沿って開いた東西の遊廓の、西のそれは雨宝院界隈に向い合うところである。

廓の女たちの嘆きや迷いは、雨宝院の本尊に絶えず届けられていただろう。誤って受胎でもしてしまえば、絶望しか与えられない女たちなのだから。

そもそも雨宝院の本尊は雨宝童子である。同じ童子として女たちの絶望を救ってくれたかもしれない。少くともそう信じたい女は多かったはずである。

しかも雨宝院は犀川大橋の橋詰にある。

男女を求め合って古くから小集楽《おずめ》の遊びが行われたり、妖しい橋姫がいたところが、橋詰である。

橋という異界を結ぶもののほとり、やがて河原の芸能者に結びついていく小集楽の遊びの場所に、犀星は追いやられたのである。

こうして雨宝院が、人の世に迷う肉親が心を寄せたり、やむなくここに子を捨てて仏の力を頼みとしたりする、薄幸の極みのような寺だとすると、作者は何物をも加える必要なく、実人生の体験をそのまま描けば小説ができる、そうまでも思えるだろう。

逆にいえば小説を先取りしたような人生だといえる。

あるいは、人生とは、巧《たく》まずして虚構を実演してしまうものなのだろうか。

しかし犀星の作品は事実を綴るのではない。『性に眼覚める頃』は、犀星が経験した実際の悲劇を、哀しみという心の情念として掬《すく》いとった作品だった。

そう思うと、この作品の繊細で緻密な、しかもしなやかな抑揚をもつ心理の描写は、絶品といっていい。読者はこの静謐《せいひつ》な語りの中で、主人公の呼吸とほとんど同じものを、聴くのではないか。

逆に内容は、悲惨な事実を事実としてしか述べない、いわゆる大正私小説を思い出さざるをえないのに、この何という清冽《せいれつ》さか。

だから異常な出生や生いたちにもかかわらず、作品の主人公はたしかに生きている。

そして、あれほど母への困惑を事実としてもちながら、小説には全編を通して存在を示しつづける、不動なる養父がいる。

茶が好きだったと冒頭から語り始められる父。友人の病気のために本堂にこもって誦経《じゅきょう》してくれる父。おそらくこの父への依存が母の欠落を肩代りしてくれるものだろうとは推測されながら、辻褄合わせなど、微塵も感じさせない。

哀しみの基軸に坐る父。

そしてさらに、主人公の少女への憧れは、ほとんど飢餓感のように訴えられる。『性に眼覚める頃』には賽銭を盗む女が登場するが、女の姿を追い求めながら、ついに遠景としてしまうまで、主人公は結局女に接近しない。

女を遠景とするといえば、この小説の終末も少女の死の予測に終り、一連の作である『幼年時代』もそれこそ遠く住む姉への寂寥感の中で命が絶たれる。

東京へ出てきた後のことを書く、さらに次の作は『或る少女の死まで』である。

作者は、女が遠景にいるものときめてかかっているとしか思えない。

あの盗みの女に対しては住居の中にまで侵入して雪駄を盗んでくるのに、その時も「私はこの場合両方が決して欲しくなかった」という。生なましい身体を感じることに恐れすら持っているように見える。

やはりここでも犀星は「女とは遠きにありて思うもの」と思い到っているのだろうか。

犀星は、余白を噛みしめている作家のように感じられる。

はからずも雨宝院の「まよひ子」石は犀星の心に漂いつづけ、余白の哀しみを今に伝えているかのごとくであった。

二枚の直弼地図

舟橋聖一『花の生涯』
彦根

『花の生涯』には、井伊直弼《なおすけ》が城から眺望した風景として、次のような描写がある。

彦根の街が一目に見える。芹川がまっ直に流れて、湖水にそゝいでいる。その反対側には、茄子紺《なすこん》に染まったような伊吹山の遠望から、石田三成の拠ったという佐和山、弁天山、磯山とつづく山やま。

じつはこの芹川と佐和山とのそれぞれの二点を彦根城と結ぶ二本の線が、直弼の生涯を支える軸線だったとわたしは思う。

そもそも小説は芹川の堤の下、袋町の娼家《しょうか》から、たか女が長野主膳《しゅぜん》を見かけるところから始まる。

主膳はやがて直弼と近づき、直弼の側近となって生涯を共にする。

直弼がかねて埋木舎《うもれぎのや》にあった十五年間に蓄えた日本の伝統的な素養に、主膳はあい応じながら直弼の心の友となって、直弼斬殺の二年後に処刑された。

しかも江戸から彦根に護送され、四十八歳の生涯は彦根の地でとじる。

一方のたか女も主膳と結ばれながら、じつは直弼自身とも愛を交しあった。直弼あっての主膳だったし、むしろ直弼こそが、妖しいたか女の女身を消しがたく心に秘めて、生をおえた。

たか女も直弼の死後、浪士らに捕えられるが、その時も直弼と主膳の位牌をたずさえていたという。

その顚末《てんまつ》が『花の生涯』には活写される。

さてこの三人の生涯の関係は、芹川の堤の蔭を原点とした。いつ何時芹川が氾濫して襲いかかってくるかもしれないこの低地に、いまもぎっしりと軒を連ねた旧袋町は、なお花街の俤を残している。

主膳を浪人風情と見なし、それを近づけていることが藩主となることを妨げかねない中で、直弼が主膳やたか女を放さず、和歌の素養やその根幹とする世俗の人情、音曲のやさしみを捨てなかったことが、直弼を直弼たらしめた重要な原点であった。

直弼があの開国策をとった時に、囂《ごう》ごうたる非難がわが身に集るだろうことは、予測しない方がおかしいから、当然の批判の前に、直弼の覚悟は早くから定まっていただろう。

それではこの不退転の覚悟は、どうして可能だったか。いうまでもなく直弼自身の人間としての器がそれを可能にしたのであり、さらにその器は、埋木舎時代を経てこそ形成されたものであった。

彦根城から南にやく一キロ、芹川下の花街をも抱き込んだ直弼の地下《じげ》感覚が、日本の危機に身を挺する器量を生んだのだと思うと、彦根の町のお城と芹川の袋町を結ぶ、百五十年前の一枚の重要な地図を、わたしは手渡されたように思う。

彦根にはもう一枚、直弼にとって重要な地図がある。あの風景に見えた、彦根城と佐和山をふくむ地図だ。山は城の東、やく一キロほどにある。

佐和山城は天正十八（一五九〇）年ごろから石田三成の居城であり、三成が、関ケ原の戦に敗れた直後、他ならない井伊直政の攻撃によって落城した。直政は関ケ原の「軍功第一」によって佐和山の城と近江一国を賜わる。

佐和山は中山道《なかせんどう》に面して、関東と北陸に向かう交通の要衝にある。のみならず佐和山は北西の山麓に入江、松原の大きな二つの内湖をかかえていた。かつて織田信長はここで大撓船《ガレアーサ》を築造したという（フロイス『日本史』）。百梃《ちょう》の櫓をもつ船だった（『信長公記』）。

もしこの船が琵琶湖を往復したら、物資の交易による莫大な利益も信長の手に入っただろう。佐和山はそれほどに水利の地でもあった。ここに家康が井伊を配したことは、大きな付託の念と恩義の情を直政にあたえたことを意味する。

さらに井伊家がえたものは、これにとどまらない。直政が死に、幼い直継が後をつぐと、新たに井伊の居城として、彦根城が公儀奉行のもとに、七か国十二大名の賦課《ふか》によって築城された。「天下普請」によるものであった。

これもすべて石田三成の勢力の潰滅を狙う徳川の方針であり、その大任をゆだねられた井伊家の重責感と感動は、測り知れないものがあろう。

城にはその上に、旧中山道に代る新しい交通路への期待もある。中山道に向く佐和山城は従来の戦国大名の抗争の上に有益な城であったが、徳川の治世を迎えると、湖上の水路を一気に京都と結ぶラインにおいても重要となる。

彦根城そのものが海に浮かぶ巨大戦艦の如き態《たい》を見せ、用水路を深く市中に導き入れた構図をもつことは、彦根城に要請された新時代の役割を明示する。

じじつ、直弼の時代、一朝事あれば彦根が行宮となることで、朝廷と幕府の合意があったという。

この井伊家初代から二百数十年を経て、いま直弼の確たる背骨を形成しているものは、徳川の恩顧に応える忠誠心であったろう。敵地のまっ只中に新しい政治力を入植していった祖先伝来の歴史は、直弼の血となり肉となっていたにちがいない。

直弼が幕府未曽有の危機に面して、大老を引き受けて開国策をとり、反対派の粛清——安政の大獄を断行したのも、ひとえに徳川幕府の安泰を願う伝統によるものだろう。この断固たる決意は佐和山を望む時にくり返される、胸中の歴史感覚だったはずだ。

『花の生涯』は、攘夷派が最後の抵抗を試みたといえる水戸斉昭《なりあき》らの登城を直弼が撃退したさまを、みごとに描く。

散々待たせた揚句、斉昭を「大分、御老耄《ろうもう》と覚えた」と切って捨てた直弼の功績は、直政の佐和山攻めの「軍功第一」に比すべきものといっていい。

いま佐和山城は廃墟と化して、旧本丸への登山口も、草むらの中にある。

石田三成に仕えた家老、島左近の邸があったところは、いまは清凉寺という寺となって、石田群霊碑を残すばかりだが、わたしの想念の中の二枚の地図は、それぞれの軸線を受容した上で形成された井伊直弼の、人間味にあふれながら毅然とした生き方を、わたしに納得させる。

そして一つの印象を囁《ささや》きかけてやまない。まこと、美しい花の生涯であった、と。

花つづれ

宇野千代『おはん』
岩国

岩国の町を歩いていてたびたび「古布」を売る店に出合った。といっても、専門の店ではない。雑貨を商《あきな》うかたわらに置いたり、骨董《こっとう》にまじって吊るしてあったりする。おおむね軒先の低い、小さい店であった。おもしろくて少し店内をのぞいてみると、たしかにしかるべき布が重ねられているが、小裂《こぎれ》もある。

一方、古い豪華な丸帯もそのまま売られている。

岩国の人は特別に古布を大切にするのではないか。そういえば岩国出身の作家・宇野千代が故郷で代用教員をしていたころ、同僚の男教師に、たくさんの小裂を接《は》ぎ合わせて作った座蒲団を贈ったという（『生きて行く私』）。買ったものは中に入れる綿だけだったとある。

わたしはこの習慣に、城下町の武家的な質実さを感じると同時に、花街界隈《かがいかいわい》でやりとりされる手すさびの美しさを感じ、いささか切なく、あたたかい気持をもった。

いま岩国の町はみごとといっていいくらいに近代化していて、古い花街のおもかげは「歴史町名　新地」という標識のあるあたりにわずかな家並を残しているだけだが、この古布に託した心根は、連綿としてゆかしさを伝えているように思えた。

宇野千代の名作『おはん』にも似たようなゆかしさがある。

早い話、主人公の男は他人の家の軒先をかりた小商いの古手（古着）屋であり、登場する二人の女――戸籍上の妻だが別れて住むおはんと芸者のおかよも、男を父とは知らない、おはんとの間の息子の悟《さとる》も、入りまじりながらそれぞれの生き方を生きている。

おはんは夫の帰りを信じながら、実家に戻って針仕事をしつつ、悟を育てている。そしてふとしたことから縒《よ》りが戻ると、うきうきとしながら新しい世帯をやり直そうとする。

おかよは男と同棲して、どんどんと置屋の仕事を広げるが、男が昔の妻の許に戻ると気が狂ったようになりながら、自分の甲斐性《かいしょう》なしをみずからせめる。

さらに、おかよは故郷から姪のお仙をよびよせて芸者に仕立てようとし、この娘が板挟みの男に何かと便宜をはかってくれる。

そして悟は大雨の夜、錦川におちて溺死してしまう。そのあげくおはんは家出して行方知れずになる。

小説の登場人物をこう並べて記してみると、ひとりひとりがまるで端裂《はぎれ》のような人生をもちながら接ぎ合わせられて、ドラマという一枚の布地を作り出しているように思われる。

このつづれ衣の絵模様の間にあって、主人公の男は何とも腑甲斐《ふがい》ない。ただ女や子どもの中に浮沈しているだけだが、しかしかえってつづれを縫い合わせる裏側の糸のようで、表には見えないのがよい。男は歳月という縫糸かもしれない。

むしろ役立たずの糸によって、きれぎれの布はいっそう哀切さをまして、人生模様を読者の前にくり展げることとなる。

ばらばらでありながら、それぞれが悪意もなく懸命に生きていく姿は、小説の柔らかな独特の口調とあいまって、美しい。

それでいて、人間関係の、何という頼りなさか。

この美しさと頼りなさはまるで桜の絵模様にそっくりではないか。たとえば『松の葉』という

近世初期のころの流行唄《はやりうた》に、貧しい一家離散を、

親は他国に　娘は島原に　桜花かや　散りぢりに

と歌ったように。

おかよは男に肌をよせてくるが、二人をつなぐものは、花びらのように頼りない肌の温《ぬく》とさだけだ。子どもは他界へと散っていく。おはんは小説の終末で、散る花のように行方が知れなくなる。

男を狂言まわしとするドラマは、花の華やぎと花びらのはかなさとに似ている。

じつは作者の宇野千代も桜の図柄が大好きだった。宇野はデザイナーとして一家をなしていたし、いま生家には桜を一面に散らした訪問着が展示されている。土産物のコーナーには、風呂敷から袱紗《ふくさ》まで、さま

ざまな桜模様の布が売られている。桜の図柄は、枝の花よりも散りあふれる落花模様の方が多い印象をうけた。

十八歳のころ恋心をつづれの座蒲団で伝えた宇野。

針仕事で家計を助けた北海道時代の宇野。

借金のとり立てにおびえながら「宇野千代きものの店」で着物を売り捌《さば》いた宇野。

まるでこんな小裂を接ぎ合わせたように生涯を生きた、女流作家の傑作『おはん』に、つづれ接ぎの絵模様がまといついていても、おかしくない。

「花つづれ」とは辞書にないことばだが、『おはん』を「花つづれ」の作品とよんでよいだろう。

初恋から『おはん』まで、宇野は生涯をかけて花柄のつづれ裂を接ぎつづけ、最後に『おはん』という大きな花柄の錦つづれの作品を、みごとに仕上げたのではないか。

岩国の町には、宇野生涯の花つづれとひとしい、文字どおり古布を接ぎ合わせたような家並もあれば、豪華な錦のつづれ織りの風景もある。

いまひっそりと骨董屋に商われている、人生の味をにじませた古布は、あの同僚への座蒲団のような接ぎつづれの断片だろう。

一方に錦川の岸をいろどって咲きあふれる桜は、まるで錦織りのつづれである。『おはん』にも、「お城山の桜が咲いて、一年に一度の大騒ぎ」をするのが、この町の慣《ならわし》だとある。花騒ぎもまた岩国の一つの花つづれなのだ。

前半生の接ぎつづれにひきかえ、後半生を多彩な錦織りのように歩んだのが作者だったが、その心の原点は接ぎつづれの幼年時代にあったのだろう。古手屋を主人公とする「花つづれ」の小説も、そこから誕生したにちがいない。

さる一日、小半時をすごした宇野の生家は、庭にみごとな楓を植えていた。秋ともなると、満目の紅葉がすばらしいにちがいない。

紅葉つづれは花つづれの変奏なのだろう。

伝便の鈴のひびき

松本清張『或る「小倉日記《こくら》」伝』
小倉

明治の文豪、森鷗外は第十二師団の軍医部長として明治三十二（一八九九）年六月、小倉に赴任した。以後三年を小倉に在住して、明治三十五年三月に帰京する。

鷗外はこの間に「小倉日記」を書いた。が、それは長く行方がわからず、発見されたのは昭和二十六（一九五一）年二月のことだという。

この所在不明の折、小倉で熱心に鷗外の足跡を尋ねたひとりの男がいた。名を田上耕作《たのうえこうさく》という。

松本清張は、この人物に心ひかれ、田上が鷗外を求め廻った事蹟を追求した。その顚末に取材した小説が『或る「小倉日記」伝』である。

小説の中で清張は、田上の風呂敷包みを「足で歩いて蒐《あつ》めた彼の『小倉日記』だ」という。それほどに、清張は田上の調査を、失われた「小倉日記」に対する、もう一つの『小倉日記』ともいうべきものと、位置づけた。

さてそこで、わたしは清張のこの小説を読みながら、きわめて興味深い連想を、捨て切れずにいた。

清張は田上の鷗外追跡の一つひとつの行動を丹念に求めつづけ、それらを総合しつつ小倉の鷗外像を構築しようとする。

こうした小説を読みたどりながら、わたしがまっ先に連想したのは、他でもない鷗外の『渋江《しぶえ》抽斎《ちゅうさい》』だった。鷗外がこれを書いたのは、武鑑《ぶかん》（武家の家柄、家紋などを記した書物）に興味をもって、武鑑を集めているうちに同じ蔵書印に出会い、その蔵書印の主、抽斎に関心を寄せたからだという。蔵書印から遠い人間をたぐり寄せ、その人間像をよみがえらせようとしたのが『渋江抽斎』だった。

『或る「小倉日記」伝』の骨組は、なんと鷗外の史伝物の手法ではないか。そのゆえに、書名も『或る「小倉日記」』でよいのに、史伝物めかして『或る「小倉日記」伝』としたのか。さしあたり、清張にとって鷗外は武鑑、田上は蔵書印に当る。

わたしはおどろき、舌を巻いた。

さらにおどろいたことに、清張は召集令状が来た時、急いでわが蔵書印をあつらえ、愛読書に捺《お》したという（『半生の記』）。死後散逸していった先の某から自分、松本清張が探り求められる経緯を、想像したのである。

どうやら『或る「小倉日記」伝』の手法を、推理小説ふうに理解するのは、見当ちがいらしい。

さらに田上が調べた「鷗外」は、田上の記録によって後に伝えられることとなる。つまりこの「鷗外」は、田上の伝えた「小倉日記」である。

小説の題名は、このことをも物語る。たとえばわれわれが中国の周という国の歴史書『春秋』を、『春秋左氏伝』とか略して『左伝』とよぶのは、左丘明が編集した『春秋』だからで、田上の調査は、小倉日記の一つの「伝」なのである。いわば「小倉日記田氏伝」ともいうべき「或る本」ですというのが、この題名における清張の主張だ。

のみならず、田上のことを描くのは清張なのだから、清張がさらに逓伝《ていでん》する清張伝だという意図もほの見える。
それでは田上を媒介として伝えられる鷗外を、清張はどのような人物と見たのか。また伝送者の田上はどのような人間だと、清張はいうのだろう。

そんな思いを抱きながら、わたしは先日、冬の小倉を訪れ、広寿山の福聚禅寺《ふくじゅうぜん》に足を運んでみた。田上がもっとも強く鷗外の足跡を確認したところがこの寺である。長く小倉で独身をかこった鷗外も再婚し、新妻のしげ子をともない、田上も看護婦の山田てる子と、登った所である。

小説によると老僧が、ここで僧・即非《そくひ》のことを詠んだしげ子夫人の歌を記憶している。即非とは当山の開祖で、その顔が鷗外に似ていると夫人が笑った一首である。

払子《ほっす》持つ即非画像がわが背子《せこ》に　似ると笑ひし梅散る御堂《みどう》

わたしも開山堂に招じ入れられて、僧・即非の木像を拝見した。風波をこえて中国から渡来した高僧は、穏やかなお顔をしていた。

ところが小説では、即非の木像を見ると埃をかぶり黝《あおぐろ》い色で、しげ子夫人の歌をきいたてる子が「鷗外さんて、こんな顔に似てたのかしら」とおもしろそうに笑ったとある。

「即非の顔は怪奇であった」という田上の印象も清張は記す。

てる子の存在は田上の暗い生涯の中でたった一つ希望をもたらすものだったが、田上のほのかな恋は成就しない。

怪奇な顔を無邪気に笑うてる子の屈託のなさが、容姿に負をもつ田上を追いつめる心理を、清張は見逃していない。埃をかぶった黝い色が田上を暗喩するなら、残酷なことだ。

「いささか美術品」(鷗外書簡)めいた美貌の新妻は、夫と似ていると笑う。わたしの目にも即非の顔立ちはごく普通で穏和だったが。

こうした鷗外から田上への受け渡しと、さらにそれの清張への転送と、また読者への伝達と、これらが伝という形をとって小説には描かれつづける。

ところで、この伝達とはまさしく、鷗外が雪夜に聞き、田上が聞きなれたものとして全編に埋めこまれた、小倉の町の伝便《でんびん》さながらではないか。

当時の小倉には、鈴をふっては町を廻り、人びとから託された郵便をたずさえていく伝便屋がいたという。その鈴の音の中に田上は育った。田上は末期《まつご》にも鈴の音を聞く。鷗外も小倉時代をしのんだ小説『独身』の中で「外はいつか雪になる。をりをり足を刻んで駈けて通る伝便の鈴の音がする」と書く。

小倉における鷗外の不遇感や独身の孤独。田上の病軀や屈辱。彼らから伝わってくる人間の哀しみを、あたかも雪の夜の伝便の鈴のひびきのように、これまた暗い境遇にあった清張は聴きとめていたのである。

『或る「小倉日記」伝』のもっとも主要なモチーフは、鷗外、田上そして自らと、孤独な人間の生命をつなぎながら鳴り渡っていく、鈴のひびきを伝えることだったにちがいない。

わたしは、広寿山のふもとから見下した小春日和の小倉の町が、やがて夜の雪におおわれる時を想像した。その時わたしの耳には伝便の鈴の音の幻聴が鳴りやまなかった。

第七章

火と月

炎の永遠

立原正秋『薪能《たきぎのう》』
鎌倉

司馬遼太郎が書いていたことを思い出す。鎌倉のさる学校の運動場に細かく光る物が砂にまじっている。これは、合戦をくり返した鎌倉での、死者の骨片らしい。その上でいま、いのち溢れんばかりの少女群が運動をしている――そんな内容だったたと思う。

鎌倉という乱世の政権の地には、こうした歴史の堆積《たいせき》がある。

その鎌倉に長く住んだ立原正秋が歴史に想いをいたさないわけはない。とりわけ立原が中世を作品の原点に求めたのは、必然のなりゆきだっただろう。だからそれは、中世の出来事や人物をなぞるのではなくて、人間のいのちの根原として、中世的なるものを据えることとなった。

志半ばでこの世を去った立原に晩年といえるものはないが、末期をいろどる作品に中世の色彩が濃くなるのも、立原が「中世的なるもの」の中に成熟していった作家だったことを証明する。

芥川賞候補となった『薪能』は一言も歴史としての中世にふれないにもかかわらず、濃厚に中世をやどした作品である。

主人公二人は従姉弟《いとこ》同士。それぞれの父は戦死した兄とアメリカ兵に射殺された弟の兄弟である。それにともなって二人の母はともどもに再婚、主人公の男女はともに祖父の家に養われる。

そこで祖父が死ぬと、もう頼るべき血統はない。女は結婚するが夫との間に安住の砦を築けない。男はサッカーに体力をつぎこみ、能面作りに心を集中させて、心の飢えをしのごうとする。
天涯孤独。血の継続から遮断された二人は、あいつぐ合戦に殺戮《さつりく》をしつづけた中世の、とりわけて権力の争奪があいついだ鎌倉の歴史が、たとえ話のようにひびいてく

る歳月を生きている。

それなりに二人は、いのちを寄せ合うのだろう。幼いころの「見せっこ遊び」という性の戯れが、その後の歳月に長く生きている。なかんずく男は陶器のような形とやわらかな感触を忘れない。

男の話題が明らさまに性にふれると、女は男に「不良になった」と無邪気なせりふをくり返す。それも、作者が周到に用意した、この記憶を生存させる装置のように思える。


そして作者は、二人の血統からの浮遊と、しかしなお一途に血統にすがろうとする渇仰《かつごう》とを、「永遠」への欲求と判断する。

「永遠」の課題は全編をとおして断続的に語られる。二人が子どものころ、祖父につれられて奈良に遊んだ時におたがいに「永遠をみた」とか、男が会いに来た女に「俺に永遠をみにきたのか」というとか。しかしさかのぼって、十八歳の時のこととして、女が男に「永遠をみたのはそれより以前」だったとか、と。

それでいて幼時を男が追懐《ついかい》すると、もういまは「汚れちまったかなしみ」しかない。

その上で「永遠」の課題を、作者は薪能のかがり火の中で解こうとする。

あれは永遠の火か、滅亡の火か。

燃えさかる火は刻々に燃えつづけて喪われていくものである。だから炎は永遠かという問自体が、無意味だと決めつけられるほどだろう。

しかし火はつぎつぎと燃えつづけて、炎は後を絶たない。火は永遠に燃える。

いや火ばかりではない。水も、風も、万物の根原をつかさどるものは刻々に滅亡しつつ、それでいて永遠である。

しからば歴史は永遠なのか。血統も永遠なのか。

「永遠」をたずねあぐねた二人は「汚れちまったかなしみ」のまま、旧家の一角にかろうじて形をとどめる能舞台の上で、能面をつけ、曲中の主人公に化身する。そして心中をとげる。

それは薪能のかがり火の如く、滅亡をつづけつつ永遠に燃えさかる火への、変身願望だったといってもよいだろう。

合戦という歴史の炎の中の武者の死も、そうであったように。

わたしが『薪能』の舞台となった鎌倉をおとずれた日は、冬のなごりが肌寒い、しかし日差しのうららかな一日であった。

小説で設定された能舞台をもつ家は稲村ガ崎にある。その崎に立つと、おどろくほどに大きく、富士山が上半身をのぞかせていた。まさに「永遠」の美をほこる霊峰の姿だった。

そもそも稲村ガ崎は新田義貞の逸話で名高い。鎌倉幕府はこの岬ごえを関所として、鎌倉の防備を固めていたから、名将も海岸を渡るという虚をついてしか、権力の中枢にせまることはできなかった。

さらに手前の腰越《こしごえ》でとどめおかれたのが源義経であった。彼も嘆願というすべで中央に参入しようとするしか、方法がなかった。

同様に人の世には、常道によっては達しがたい中枢の世界がある。人間が心の中枢とする平穏や幸福、それこそ「永遠」の安寧にみちた世を、人びとはどれほど憧れるか。だれもがそれを願いつつ、しかしこの世にいるかぎりいつも「汚れちまったかなしみ」の中にある。

父の戦死、射殺死そして旧家の没落をこうむった主人公たちも、そのかなしみの中にいる。夢幻能はこんな人の世のかなしみから紡ぎ出された幻想の悲劇だったといえる。

なにしろ世阿弥《ぜあみ》にしろ増阿弥《ぞうあみ》にしろ、能の役者はみんな権力に翻弄された演技者にすぎないのだから。

能の夢幻の象徴として、薪能のかがり火を見ることもできる。

稲村ガ崎には、少年たちのボート遭難の碑もあった。有為な若者の人生への夢も滅亡するしかなかった。

しかし、にもかかわらず人間の永遠への願いは熱い。

短命に終った立原の才能を惜しみつつ稲村ガ崎に立つと、その反対に「永遠」を示す富士の山容が迫る。

しかもこのおわします山容は、さながらに仏陀の座像の上半身ではないか。

太古より露座ではないにしても、鎌倉に大仏を建立する発想がここにあったのかと、わたしが固唾《かたず》をのんでいたことは、もう記すまでもあるまい。

女人、月の寺へ

三島由紀夫『豊饒《ほうじょう》の海』
奈良

三島由紀夫が生涯の最後にいどんだ戦いは、巨編『豊饒の海』全四巻の完成であった。主人公・松枝清顕《まつがえきよあき》が悲恋のうちに死に、飯沼勲、月光姫《ジン・ジャン》、安永透として転生《てんしょう》をとげる。この変身などという、夢幻能まがいのドラマのワキとして、「諸国一見の僧」のように転生を見とどける者は、友人・本多繁邦《ほんだしげくに》である。

本多は親友が転生しつづける、長い年月を俗世に生きつづけたのだから、最後には醜く老いさらばえている。一方に、いつまでも若わかしい転生の友人をおいて。

そうした老後、彼は奈良郊外の門跡《もんぜき》尼寺、月修寺を訪ねようと決心する。じつは、清顕が恋い慕い、そのあまりに命を落とすこととなった相手の女性聡子が、ここで剃髪した余生をすごしているはずだからである。

一日、本多は月修寺に向う。世を捨てた尼僧と会うことはむずかしいが、本多の願いはやっとの思いでかなう。事件から六十年、門跡は八十三歳のはずである。

しかし明らかに親友の悲恋の相手と察せられる門跡に、歳月は老化をあたえていない。あたえたものは浄化であった。

現世における転生として浄化があったことを、作者はいうのである。

ところが意外なことがおきた。美しい老尼は「松枝清顕」を知らないというのだ。尼僧の俗名を質《ただ》すと、そのとおりだと首肯するのに。――

深い謎をたたえて一大長編は終る。

呆然と本多が眺める庭は数珠をくるような蟬の声以外に何一つ音はしない。

庭は夏の日ざかりの日を浴びてしんとしている。……

を最後の一行として。

さて三島は全編をとおして、いわゆる唯識《ゆいしき》とよばれる仏教の思想を鏤《ちりば》める。時として真っ向か

らこの思想を問い、時として美しいかけらのように断章をのぞかせ、また時として深ぶかとした、その思惟のかげりを落として。

唯識とは何か。

わかりやすくいえば、われわれは心の深奥に阿頼耶識《あらやしき》という無我の流れをもっているのに、個人的な自我の奥にもつ末那識《まなしき》という我執によって、迷蒙におちている。

だから、一切の現象を心によって分別されたものとして説明してしまう人間には、そこからの解脱《げだつ》が必要である。そう唯識は説く。

この古いアジアの知恵は、最近のユングの無意識の心理学にも通底するだろうし、何のことはない、あの『浜松中納言物語』の転生の思想も、無我の流れを興味ぶかく語ったお伽話なのだ。

門跡は松枝清顕を忘れているのではない。彼女はいう。本多が、この世にいたように言う清顕も、じつははじめからいなかったのではないか。記憶というものも「幻の眼鏡のようなもの」だと。そして最後に言い放つ。

門跡の目ははじめてやや強く本多を見据えた。

「それも心々《こころごころ》ですさかい」

と。末那識にとらわれているのだと、断言するのである。

ところで『豊饒の海』は、最後の門跡のことばと対応するものを最初から用意している。冒頭『春の雪』で先代の門跡と清顕が出会った時、清顕がぼんやり空を眺めていたというせりふを、門跡は耳にする。

その後、門跡が月修寺の尼僧で、尼寺は法相宗《ほっそうしゅう》の寺だと紹介される。法相宗は唯識宗とも称する。その上で尼僧が唯識のとば口のような法話をされた、とある。

このたびの法話は中国の昔話。渇《かつ》えた男がたまたま飲んだ清水が、じつは髑髏《どくろ》に溜った水だったことを知り、吐《もど》してしまった。しかし男はこの後に悟る。心があるからそうなるのであり「心を滅すれば則ち髑髏不二なり」と。

『豊饒の海』はこうして唯識の「不二」なる一切を語りつづける。

小説の主軸をなす転生もその一つである。

三島は転生のヒントを「『浜松中納言物語』から得ました」と巻末の後注に記す。次つぎと転生者が三つ星のほくろをもつという。

三島という近代日本の最大の作家は、この無我の流れに身を投じることで、生涯の作家活動を総括したのである。

さらに同じ後注で『豊饒の海』という作品名は月の中の一つの海、何もない海をそう呼ぶことによったという。虚無に見える月の海こそが、豊かな無我の流れの生をつかさどるにふさわしいという逆説である。

だから小説は明らさまに実在の円照寺をモデルとしつつ、そこを月修寺とよび、月修寺は前述のように『春の雪』に早ばやと紹介され、全編の骨子となる。

この、作家の創作へとふくらんでいくイメージの道程を思うと、円照寺という寺号のイメージが月を連想させ、転生、無我こそが月の豊饒さにふさわしいと考えたことがよくわかる。

実際には円照寺は臨済宗だが、三島にとって美しき悲恋の女が、現し身を無我の流れにゆだねるべき寺は、法相の月のごとき寺でなければならなかった。

たしかに小説『豊饒の海』を月の海の物語として読むことができる。とくに月に祝福された恋のクライマックスは『春の雪』の、鎌倉の夜の海岸で演じられる。夢のごとく美しき月光の中の恋である。

そう思うと、現実の円照寺にはあまりにも月がふさわしい。あの長い参道ははるかな月への道のりといっていい。じつはここ山村の地は古く『万葉集』に山人《やまびと》が土産《みやげ》をくれた土地としてよまれる。

山村は月仙の世界らしい。

円照寺はいつも閑寂に気高く存在しているが、月明の夜、堂宇はざんざと月光を浴びて、全身に無我の月光があふれかえるのにちがいない。

一面が豊饒の海となった、その中にはすでに悲恋の女など、もういるはずがないではないか。

あとがき

物語や小説の舞台は、どのように設定されるのか。「青い鳥」で有名な、ベルギーのメーテルリンクは、こういった。

小説の舞台とは、どこにでもありそうで、しかしどこにもない舞台である。

なるほどと、この名言で納得するのだが、しかしそれではそうした舞台を、作者はどう作ったのか、という疑問は解決してくれない。

むしろ、こういわれるほど自由に、作者は舞台設定ができるものか。これはヨーロッパの作家特有の発想ではないか。自然にふかくかかわる日本の文学では、これは結果論ではないのか。とくに日本のすぐれた作家は逆に、風土を凝視することによって風景を読みとり、それを小説の原《もと》の風景として風土の孕《はら》みもつ物語を構想するのに、違いない。

当然、風土は実在するが、そこから産み出された物語は事実を離れ、独自の装置を要求しながら自立した舞台を展開する。

創造するわざよりも、作家が風土から小説をたち上がらせる行為、その風土と作品との深奥の契約にこそ文学論は有効なのではないかとわたしは思う。

では、このような関係を作品との間にもつ風土を、何とよべばよいのか。

率直にいえばこれは、母体の胎盤にたとえられるべきものではないのか。英語のconception（妊娠・観念）とは、この関係を示すことばであろう。

近ごろはいうのも鬱陶しいが、プラセンタ（胎盤）なる美容・薬用品があるらしいが、それほどに生命の母体としての価値をもつものが、小説の根源である。

もちろん昔語りの、鬼婆がみごもった女を捉えて殺すという話も、つとに薬効を発見していた証拠の一つである。

では日本の近現代小説は、それぞれ、この国土の中にどんな胎盤をもっているのか。

これこそが、小説を解く最大の鍵ではないのか。

もう十年近く前になってしまったが、ウェッジ社の旅の月刊誌「ひととき」に新しい連載を依頼された時、わたしは右のことを名作に尋ねてみたいと思った。そして実際に小説の描かれた現地に身を委ね、土地と小説との黙契にひたってみた。

その連載が「名作のひととき」であり、第一回が夏目漱石の『三四郎』（「ひととき」平成十九年十月号）、最終回が樋口一葉の『たけくらべ』（同平成二十三年三月号）であった。

この間中、わたしは日本の文学がいかに深く日本の風土に根ざしているかを実感し、その諸相をみごとに胎盤として誕生していった小説の実態を知って、従来よりもっと深く小説を愛するようになった。

文章も、そう苦労せず書くことができたのは、体感の感動を素直に語ればよかったからに外ならない。ただ、そのことが禍いして、連載終了後、手元から原稿を手放しがたく、よみ返しては手を入れ、また元に戻すということを楽しんでくり返してしまった。全面改稿した章もある。

筐底に秘す、とはこのことを言うのかと、いま思う。

そしてやっといま、未熟ながら皆さんに読んでいただく時が来た。「はじめに」には、拙稿「文学は地誌を越えられるか」（「文學界」平成二十三年十二月号）の一文を改変して採用した。

連載時には全回「ひととき」編集長の佐藤亜紀さんが同行してくれ、編集長の交代後は海野雅彦編集長からもお助けを頂いた。その海野氏がこの度書籍の刊行を手がけてくれるのもうれしい。

毎回の連載原稿をととのえて下さったのは、いつもながらの奈良ゆみ子さんである。

連載時に毎回載せた林義勝氏の写真もここに掲載した。読者は、胎盤を秘匿した写真として、これを見てほしい。
長い道のりの折おりをふりかえり、いま感慨一入なるものがある。
心から皆さんに御礼申し上げ、この書物の船出を喜びたい。

平成丙申

机の眼前に　緑したたる高野新笠の御陵を見ながら

著　者

［付載］作品ノート（編集部編）

『五重塔』（14ページ）

あらすじ　時は江戸中期。大工の十兵衛は、技はあるが世才に疎く、のっそりという渾名で馬鹿にされていた。一方、源太は感応寺の本堂を見事に建立した名棟梁。源太が五重塔建立の設計予算を出したにもかかわらず、十兵衛は五重塔の雛形を手に、朗円上人にたのみ込む。その雛形は水際立つ細工ぶりだった。上人は「汝たちの相談に任す」と言い渡す。2人で建てようと言う源太に「それは厭でござりまする」と十兵衛は無愛想に言い放つ。一切の工事が十兵衛に任せられて五重塔が完成。落成式の準備が進められているなか、未曾有の暴風雨が吹き荒れたが、五重塔は釘の1本もゆるまず、人々は十兵衛を賞賛した。

著者略歴　幸田露伴（こうだ・ろはん　1867－1947）江戸生れ。著書に『運命』『努力論』『一国の首都』など。文化勲章受章。本作は1891年11月から1892年4月まで新聞「國會」で連載。現在は岩波文庫などに所収。

五重塔跡へのアクセス　山手線日暮里駅から徒歩約10分。駅西側に隣接する都立谷中霊園内にある。

『城の崎にて』（24ページ）

あらすじ　山手線の電車に跳ね飛ばされ怪我をした「自分」は、養生のため但馬（兵庫県北部）の城崎温泉へ出かける。療養する部屋は2階で、静かな座敷だった。ある朝、1匹の蜂が死んでいるのを見つけた。それから間もなく、川へ投げ込まれた鼠を見た。首の所に7寸ばかりの魚串が刺しとおされ、懸命に泳いで石垣へ這い上ろうとする鼠に子どもと車夫が石を投げ、見物人は大声で笑った。またある夕方、半畳ほどの石に蠑螈（いもり）がいた。驚かそうと石を投げると、蠑螈は死んでしまった。死んだ蜂、あの鼠、そして死ななかった自分。生きていることと死んでしまっている事と、それほどに差はないような気がした。3週間いて、自分は此処を去った。

著者略歴　志賀直哉（しが・なおや　1883－1971）宮城県生れ。著書に『和解』『小僧の神様』『暗夜行路』など。文化勲章受章。本作は1917年5月に「白樺」に発表。現在は新潮文庫などに所収。

城崎温泉へのアクセス　山陰本線城崎温泉駅下車。

『秋津温泉』（30ページ）

あらすじ　周平が秋津の湯宿「秋鹿園」で、頬の蒼白い美しい娘・直子に思慕の情を募らせてから3年。20歳になった周平が湯宿を訪れると、小麦色のすべすべした頬の若おかみ・お新さんがいた。肺を病む周平をお新さんは手厚くもてなしてくれた。終戦後、お新さんから結婚を迷っているという便りが届き、周平は秋津に向かう。結婚のことを聞いて、周平はお新さんへの愛執の念を抑えようとしなかった。夜12時が過ぎてから、お新さんは周平の寝床へやってきた。永い間抱き合った2人は、明け方に湯舟に入る。「あたしはこれでいいのよ、これで倖せだわ」とお新さんは言った。

著者略歴　藤原審爾（ふじわら・しんじ　1921－1984）東京都生れ。1952年に『罪な女』他で直木賞受賞。著書に『殿様と口紅』『新宿警察』『孤独のために感傷のために』など。本作は1947年12月に前半を「人間小説集別冊」第一集、後半を「別冊文藝春秋」に発表。現在は新潮文庫（電子版）などに所収。

秋津温泉（奥津温泉）へのアクセス　津山線津山駅から車で約50分。

『越前竹人形』（36ページ）

あらすじ　喜助のところに、竹細工の名人といわれた父、喜左衛門に世話になったという芦原（あわら）の娼妓・玉枝が墓参りに来た。3歳のときに死んだ母の記憶はないが、玉枝は母にそっくりだという。翌夏、喜助は32歳の玉枝を妻に迎えた。玉枝に対する強い慕情が仕事に拍車をもたらし、喜助の竹人形は評判を呼ぶ。ある日、京の老舗人形問屋の番頭が買い付けに来るが、その番頭は、玉枝の馴染み客だった。玉枝は一度きりの過ちで妊娠し、腹の子を堕すため京都に向かう。数日すぎて玉枝は大量に喀血。喜助の精魂込めた看病もむなしく息をひきとる。3年後、喜助は自殺する。

著者略歴　水上勉（みなかみ・つとむ　1919－2004）福井県生れ。1961年『雁の寺』で直木賞受賞。著書に『飢餓海峡』『宇野浩二伝』『土を喰う日々』など。本作は雑誌「文芸朝日」の1963年1、4、5月号に発表。現在は新潮文庫などに所収。

若狭へのアクセス　小浜線若狭本郷駅下車。竹人形芝居を全国で上演した水上が故郷に建てた「若州一滴文庫」へは、車で約5分。

『高野聖』（42ページ）

あらすじ　旅僧が飛騨の山越えをした時のこと。麓の茶屋で一緒になった薬売りが旧道に入っていった。追いかけるが、蛇に何匹も出くわし、大きい蛭に吸い付かれる。やっとの思いで森を抜けると谷底に1軒の家を見つけた。現れた美しい婦人に一晩の宿を頼み、川で汗を流していると、体に水をかけてはさすってくれる。その心地の得もいわれなさ。翌朝、一度は里に向かった旅僧だが婦人が忘れられず引き返そうとする。そこで馬引きの男から、薬売りは馬に化け馬市で銭になったと聞く。それだけではない、山で見た猿も蝙蝠もみな、婦人の手で畜生にされたのだと。話を聞いた旅僧は一散に里へ駆け下りていった。

著者略歴　泉 鏡花（いずみ・きょうか　1873－1939）。石川県生まれ。著書に『外科室』『歌行燈』『婦系図』など。本作は1900年2月に雑誌「新小説」第5年3巻に発表。現在は新潮文庫などに所収。

天生峠へのアクセス　高山本線飛騨古川駅下車。天生峠のある天生県立自然公園へは、車で約50分。

『古都』（48ページ）

あらすじ　京呉服問屋の一人娘・千重子は、実子ではなかったが、大切に育てられ愛されてきた。5月のある日、友だちと北山杉を見に行った千重子は、自分と瓜二つの娘を見つける。そして祇園祭の宵山の日、娘に再び会う。名を苗子といい、生れてすぐに父母をなくし、北山杉の村で奉公しながら双子の姉の行方を捜しつづけてきたという。淡雪が降る日、千重子は苗子を自宅に呼ぶ。「うちにずっと、いとくれやす」と懇願するが、苗子は首を振り、「お嬢さんの、おしあわせに、ちょっとでもさわりとうないのどす」と断る。あくる朝早く、苗子は帰って行った。

著者略歴　川端康成（かわばた・やすなり　1899－1972）大阪府生まれ。著書に『伊豆の踊子』『雪国』『千羽鶴』など。1968年日本人初のノーベル文学賞受賞。文化勲章受章。本作は1961年10月から1962年1月まで「朝日新聞」に連載。現在は新潮文庫などに所収。

北山杉の里へのアクセス　東海道新幹線京都駅からバスで約1時間。双子の姉妹の銅像へは、北山グリーンガーデン前で下車。

『梟の城』（54ページ）

あらすじ　伊賀忍者・葛籠重蔵は、織田信長の軍に両親を惨殺される。妹は凌辱され自害した。それから10年。仇の信長は本能寺で死に、生きる目標を失って御斎峠の庵で隠遁生活を送る重蔵の元へ、かつての師匠が豊臣秀吉暗殺を持ち掛けた。堺の豪商・今井宗久の企てだという。行く先々で宗久の養女・小萩が現れる。一度は通じ、惚れあうようになるが、小萩は石田三成の隠密で、重蔵を監視していた。重蔵は命を狙う兄弟弟子の風間五平らと対決。そして秀吉の居る伏見城へ潜入する。目の前にいる秀吉はただの老人だった。重蔵は力任せに秀吉の顔を殴りつけて城を後にする。重蔵の後を追って伏見城に入った五平は捕らえられ、処刑される。

著者略歴　司馬遼太郎（しば・りょうたろう　1923－1996）大阪府生れ。著書に『竜馬がゆく』『国盗り物語』『坂の上の雲』など。文化勲章受章。本作は1958年4月から1959年2月まで新聞「中外日報」に連載、1960年に直木賞受賞。現在は『司馬遼太郎全集』第1集に所収。

伊賀上野へのアクセス　関西本線伊賀上野駅下車。御斎峠へは車で約20分。

『夜明け前』（60ページ）

あらすじ　青山半蔵は中山道馬籠宿で、街道を通る大名、公卿、公役、武士と限られた人のみが宿泊・休憩する本陣と、庄屋、問屋を兼ねる旧家の17代当主として、村方の世話に励む日々。慶応が明治に、江戸は東京に改まり、半蔵は戸長となるが、山林規則が過酷だと地方人民のため嘆願書を出したことで戸長を罷免。「御一新がこんなことでいいのか」と落胆する。天皇の行幸を拝した半蔵は、熱い情が心に迫り、国を憂う自作の和歌を書いた扇子を行幸中の馬車に投進し、贖罪金が科せられた。半蔵の酒量は増し、不眠、幻聴、幻覚が現れだす。そして、菩提寺である万福寺に放火し、座敷牢に入れられた。

著者略歴　島崎藤村（しまざき・とうそん　1872－1943）岐阜県生れ。著書に『若菜集』『破戒』『新生』など。北村透谷らと浪漫主義の文学雑誌「文學界」創刊。本作は1929年4月から1935年10月まで雑誌「中央公論」に断続的に連載。現在は新潮文庫などに所収。

馬籠へのアクセス　中央本線中津川駅からバスで約25分。

『しろばんば』（66ページ）

あらすじ　洪作は5歳から父母と離れ、おぬい婆さんと土蔵で暮らしていた。おぬい婆さんは本家の子供たちの悪口を毎日言うが、洪作を誰よりも可愛がっていた。叔母のさき子は髪形、口のききかたとすべてが垢ぬけていた。そのさき子は、洪作が5年生の夏休みに肺病で死に、2学期が始まる数日前、あき子が転校してきた。あき子は色が白く、村の言葉とはまるで違う言葉を話す1つ年長の都会風な少女だった。さき子に対する気持ちと似ているところもあり、違っているところもあった。松の内が終わったころ、おぬい婆さんが死んだ。中学受験を控えた洪作は、あき子ら多勢の人に見送られ、父の任地である浜松へ発つ。

著者略歴　井上靖（いのうえ・やすし　1907－1991）北海道生まれ。1950年『闘牛』で芥川賞受賞。著書に『天平の甍』『氷壁』『敦煌』など。文化勲章受章。本作は雑誌「主婦の友」に1960年1月号から1962年12月号まで連載。現在は新潮文庫などに所収。

湯ヶ島へのアクセス　伊豆箱根鉄道修善寺駅から車で約30分。

『富嶽百景』（72ページ）

あらすじ　「私」は思いをあらたにする覚悟で旅に出た。甲州・御坂峠の茶屋に井伏鱒二が滞在している。私もその隣室を借りるが、毎日、いやでも富士と向き合うことになった。井伏に連れられて甲府のある娘と見合いをした。娘の家にかけられている富士の写真を見とどけ、娘をちらと見た。このひとと結婚したいと思った。仕事は遅々として進まない。茶屋のおかみとその娘、たずねて来た友人や青年たち、さまざまな交流のなかで、富士の姿は別の意味を持って目に映る。11月、茶屋を訪れた2人の娘たちに写真を撮ってくれるよう頼まれる。富士山、さようなら、お世話になりました。パチリ。2人の姿をレンズから追放して、富士山だけをレンズいっぱいにキャッチした私は、翌日、山を下りた。

著者略歴　太宰治（だざい・おさむ　1909－1948）青森県生まれ。著書に『走れメロス』『斜陽』『人間失格』など。本作は1939年、雑誌「文体」2、3月号に発表。現在は新潮文庫『走れメロス』などに所収。

御坂峠へのアクセス　身延線・中央本線甲府駅から車で約1時間。

『恩讐の彼方に』（78ページ）

あらすじ　悪行の限りを尽くした市九郎が、了海と名乗る僧となったある日、鎖渡しという絶壁の難所で真っ逆さまに落ちた馬子の死骸を見て、この大磐石を掘り抜こうと誓願する。それから19年。九分どおり完成したところへ、かつて殺した主人の一子・実之助が、父の敵討ちに現れる。「いざお斬りなされい」と市九郎。しかし、ともに槌を振い続けた石工たちが、向こう側へ通じるまで待ってほしいと願い出た。実之助は1日でも復讐の期日を短縮させようと、市九郎と並んで槌を下す。1年と半年後、ついに大願は成就する。再び、「いざお斬りなされい」と市九郎。しかし実之助は了海の前で、涙にむせぶばかりであった。

著者略歴　菊池　寛（きくち・かん　1888－1948）香川県生れ。著書に『父帰る』『藤十郎の恋』『真珠夫人』など。雑誌「文藝春秋」を創刊。芥川賞、直木賞を創設した。本作は「中央公論」1919年1月号に発表。現在は新潮文庫などに所収。

青の洞門へのアクセス　日豊本線中津駅から車で約30分。

『紀ノ川』（86ページ）

あらすじ　紀本家は、毬つき唄に歌われるほどの紀州の名家。明治32年、この家から花は大地主の真谷家へ嫁ぎ、二男三女をもうけた。結婚当初、村長だった夫は、花の人柄と才覚に助けられ、県会議長から代議士になる。花に息苦しさを覚えた長女の文緒は家を飛び出し、海外生活が多い銀行員と結婚する。上海赴任中に次男を亡くしたことから、文緒は乳房形を慈尊院に捧げ、華子を出産する。華子は筆まめに便りをよこす孫娘だった。やがて大学を卒業し、東京の出版社に就職した華子の元へ、花の危篤の知らせが入る。花を見舞いに華子は久しぶりに六十谷を訪れ、華子は自分の躰に紀本家の絆が繋がれているのを感じる。

著者略歴　有吉佐和子（ありよし・さわこ　1931－1984）。和歌山県生れ。著書に『華岡青洲の妻』『複合汚染』『恍惚の人』など。本作は雑誌「婦人画報」1959年1月号から5月号に連載。現在は新潮文庫などに所収。

和歌山へのアクセス　紀勢本線和歌山駅下車。

『螢川』（92ページ）

あらすじ　竜夫は14歳。近所に住む銀蔵爺さんから螢の話を聞いて、すでに5年がたつ。ある土曜日、魚釣りに神通川に行こうと級友の関根から誘われる。断った竜夫は病院へ向かい、父に螢を見に行くと話しかける。その翌日、関根が溺死に、5月には父も死んでしまう。豊川町の家も引き渡さなければならない。52歳でできた初めての子どもだけに、人に馬鹿にされるほど可愛がってくれた父。母の兄は、心斎橋に新しく出す店をまかせたいから、夏休みに入ったら親子で大阪に引っ越すようすすめる。螢狩りが土曜日に決まり、銀蔵、母、幼なじみの英子と4人でいたち川に向かう。相当な道のりを歩いた先に、何十万匹もの螢火が川のふちで静かにうねっていた。

著者略歴　宮本輝（みやもと・てる　1947－）兵庫県生れ。著書に『泥の河』『青が散る』『流転の海』など。本作は1977年、雑誌「文芸展望」秋季号に発表、1978年に芥川賞受章。現在は新潮文庫などに所収。

富山へのアクセス　北陸新幹線富山駅下車。

『孤愁の岸』（98ページ）

あらすじ　厖大な借財に喘ぐ薩摩藩に、幕府は巨大な治水工事を命じた。死の宣告にもひとしい公儀普請に薩摩藩士らは耐えた。総奉行に任ぜられた平田靱負は、生き抜くことが公儀へのたった一つの抵抗だと信じていた。疫病の蔓延などで病死者202名、抗議に屠腹した者が50名。空前の治水事業は完成したが、藩士の胸には敗北感が広がる。総額で40万両かかった工事の借金を薩摩藩は払わなければならない。ところが平田は、一家老にすぎぬ私が仮に出した借金の受領書など知らぬと突っ張れと、事務役人に言う。受領書は平田以外の薩摩藩士に何ら責任の及ぶ恐れのないよう、巧みに書かれていた。そのことを告げた後、平田は自決した。

著者略歴　杉本苑子（すぎもと・そのこ　1925－）東京都生れ。著書に『滝沢馬琴』『春日局』『埋み火』など。文化勲章受章。本作は書き下ろしの単行本として1962年10月に講談社から刊行され、同年の直木賞を受章。現在は講談社文庫に所収。

桑名へのアクセス　関西本線桑名駅下車。輪中地帯を見晴らす、木曽三川公園展望タワーへは車で約20分。

『野菊の墓』（104ページ）

あらすじ　政夫と2歳年上の従妹の民子は、いつも無邪気に遊んでいた。しかし、村中がかれこれ噂をするようになり、いつしか恋心を増していく。2人が山畑の棉（わた）を採りに行く途中、野菊が咲いているのを見た。政夫は「民さんは野菊の様な人だ」と、そしてその野菊を「僕大好きさ」と言う。やがて政夫が学校に通うために村を出ているうちに民子に結婚話が出る。民子は無理やり結婚させられるが、嫁ぎ先で流産、跡の肥立ちが非常に悪く息を引き取る。その手には政夫の写真と手紙が握られていた。嫁にいっても僕の心に変わりはないと、一言いって死なせたかった、と泣き崩れる政夫。政夫はその後、毎日7日の間、民子の墓に参り、野菊を一面に植えた。

著者略歴　伊藤千左夫（いとう・さちお　1864－1913）千葉県生れ。著書に『隣の嫁』『春の潮』『紅黄録』など。短歌雑誌「アララギ」を創刊。本作は雑誌「ホトトギス」1906年1月号に発表。現在は新潮文庫などに所収。

市川・矢切へのアクセス　総武線市川駅下車。矢切の渡へは、市川駅から車で約25分。

『夫婦善哉』（110ページ）

あらすじ　蝶子は、化粧品問屋の息子・柳吉と深い仲になる。うまい物に目がない柳吉は、しばしば蝶子を店に連れて行く。2人の仲を知った父から勘当を申し渡された柳吉は、蝶子と駆落ちする。蝶子が貯めた金で柳吉は商売をはじめるが長続きせず、剃刀屋、関東煮屋、果物屋と転々と変える。芸者仲間から借りた金でカフェを経営していたある日、柳吉の父が死ぬ。お前は葬式に出るなと柳吉に言われた蝶子は店に閉じこもり自殺を図る。紋付を取りに帰った柳吉に助けられるが、柳吉は葬式があるからと逃げて行き、それきり帰ってこない。30日ほど経ち、柳吉はひょっくり戻ってきて、法善寺境内の「めおとぜんざい」へ蝶子を誘った。

著者略歴　織田作之助（おだ・さくのすけ　1913－1947）大阪府生れ。著書に『勧善懲悪』『青春の逆説』『土曜夫人』など。本作は1940年4月、同人誌『海風』第5巻1号に発表。現在は新潮文庫などに所収。

法善寺へのアクセス　大阪市営地下鉄御堂筋線なんば駅から徒歩約10分。

『ごん狐』（118ページ）

あらすじ　ごんはひとりぼっちの子狐。兵十は、おっ母と2人きりで貧しい暮らしをしていた。兵十のびくからうなぎを盗んで10日ほどたったある秋、葬式を見たごんは、兵十のおっ母が死んだことを知る。ごんと同じひとりぼっちになった兵十。ごんはうなぎのつぐないに、毎日食べ物を届ける。ある日、ごんは栗をもって兵十の家へ出かけた。またいたずらをしに来たなと、兵十は火縄銃でごんをうった。家の中を見ると、栗がおいてあった。「ごん、お前だったのか。いつも栗をくれたのは」。ごんは、ぐったりと目をつぶったまま、うなずいた。兵十が取り落とした火縄銃の筒口からは、青い煙が細く出ていた。

著者略歴　新美南吉（にいみ・なんきち　1913－1943）愛知県生れ。著書に『おじいさんのランプ』『手袋を買いに』『牛をつないだ椿の木』など。本作は雑誌「赤い鳥」1932年1月号に発表。現在は岩波少年文庫などに所収。

半田へのアクセス　武豊線半田駅下車。新美南吉記念館は半田駅から車で約10分。

『武蔵野夫人』（124ページ）

あらすじ　古風で貞淑な妻・道子。夫の秋山は私立大学のフランス語教師で、スタンダールの影響を受け、姦通は罪悪でないと日頃から力説していた。富子は道子と対蹠的（たいせきてき）な、コケットリイな女性。秋山は富子を夫の大野から盗もうと誘惑する。道子の従弟、勉がビルマから復員した。勉は道子をよく散歩に誘い出し、はけの由来について語る。2人は愛しあうが、道子は一線を越えさせない。ある日、秋山は離婚を切り出し、「はけ」の家屋の譲渡委任状と権利書まで持ち出してしまった。道子は、自分が死ねば委任状は無効になると大量の睡眠剤を飲み、うわ言で勉の名を繰り返しながら、息絶える。

著者略歴　大岡昇平（おおおか・しょうへい　1909－1988）東京都生れ。著書に『俘虜記』『野火』『花影』など。本作は雑誌「群像」1950年1月号から9月号に発表。現在は新潮文庫などに所収。

「はけ」へのアクセス　中央線国分寺駅下車。駅南口徒歩2分の「殿ヶ谷戸庭園」内には、崖線からわき出た清水を集めた次郎弁天池がある。

『おんなみち』（130ページ）

あらすじ　老舗の茶舗、清華堂の跡取り娘の世津は、亮介という許婚がいながら茶園の息子・信吉とかけおちする。東京で落ち合うはずの信吉は現れず、世津は亮介の妻となる。亮介はアメリカとの大取引に家運を掛けるが人に騙され失敗、女道楽に逃げて無理心中する。清華堂は何度も倒産の危機に見舞われるが、そのたびに世津の力で乗り越える。信吉はアメリカで教育を受け、静岡に戻る。世津と再会した新吉は世津への思いが消えていないことに気付く。信吉が社長をつとめる製茶工場は、業界のトップに成長した。2人は結婚の約束をするが、信吉はロンドンで交通事故死する。それから10年。世津は孫の奈々に「人を好きになったら、まっしぐらにその人についておいでなさい」と微笑する。

著者略歴　平岩弓枝（ひらいわ・ゆみえ　1932－）東京都生れ。1959年『鏨師』で直木賞受賞。著書に『肝っ玉かあさん』『花影の花　大石内蔵助の妻』『御宿かわせみ』シリーズなど。本作は1967年11月から1969年9月まで「静岡新聞」に連載。現在は講談社文庫に所収。

川根へのアクセス　大井川鐵道家山駅・駿河徳山駅下車。

『播州平野』（136ページ）

あらすじ　夫・重吉の帰りを待ち続ける妻のひろ子は、福島の弟夫婦の家で終戦を迎える。重吉はこれまで政治犯として拘禁されていて、腸結核を患い治療が受けられなくても、その思想を変えようとしなかった。ひろ子は重吉のいる網走へ、と準備をするが、重吉の弟が生死不明との書留速達が届き、義母の待つ山口へ行く。やがて重吉が10月10日までに解放されることを新聞で知り、東京を目指す。豪雨の被害で列車はおくれている。姫路は空襲で全市街の大半が焼け、駅舎も連絡手段の鉄道電話もない。汽車からトラック、荷馬車に乗り換え、播州平野の国道を、ひろ子は重吉に向かって進む。

著者略歴　宮本百合子（みやもと・ゆりこ　1890－1951）東京都生れ。著書に『貧しき人々の群』『伸子』『道標』など。本作は1946年3月から1947年1月まで、雑誌「新日本文学」と「潮流」に4回に分けて発表。現在は新日本出版社から単行本が出ている。

加古川へのアクセス　山陽本線加古川駅下車。

『人生劇場　青春篇』（142ページ）

あらすじ　三州（現在の愛知県）横須賀村の肥料問屋「辰巳屋」の長男・青成瓢吉は、政治家になる夢を抱き早稲田大学へ進み、学校紛争の中心に立つ。憧れの人おりんは、生活苦から東京に出されて売れっ子芸妓となり、代議士と結婚する。モルヒネを長年常用し、胃癌と借金を抱えた父が、「辛き目にあうとも人を恨むべからず」と遺書を残しピストル自殺。瓢吉は故郷を捨てる決心をし、父と母に仕えていた侠客、吉良常を連れて上京する。前進せよ。瓢吉は自分の心によびかける。

著者略歴　尾崎士郎（おざき・しろう　1898－1964）愛知県生れ。著書に『空想部落』『成吉思汗』『篝火』など。本作は1933年3月から8月まで、「都新聞」（現東京新聞）に連載。「青春篇」のほかに「愛慾篇」「残侠篇」「風雲篇」「離愁篇」など、全8編からなり、1959年完結。「青春篇」は『尾崎士郎全集』第1巻に所収。

吉良へのアクセス　名古屋鉄道西尾線上横須賀駅下車。

『素足の娘』（150ページ）

あらすじ　祖母と東京で暮らしていた桃代は、相生の造船所で働く父の秀文に呼び寄せられ、魚屋の2階で父と暮すことになった。桃代は15歳、父は33歳。若く見える父といると、兄妹や情婦にも見間違えられた。母は早くに亡くなったこともあり、桃代はどこか早熟だった。女学校へゆく期待も消えてしまったが、手当たり次第に読むほど本が好きだった。足袋が嫌いで冬でも素足。「ホ、素足のむすめがゆくぞい」と、村の若い衆たちからは、そう渾名で呼ばれていた。桃代が16歳になり、父は27歳のお嫁さんを迎える。父の同僚の竜岡が桃代を嫁にくれと言ってきた。そんなとき、祖母から相生で暮らしたいという手紙がきた。桃代は祖母を安心させるため、東京で働く決意をする。

著者略歴　佐多稲子（さた・いねこ　1904－1998）東京都生れ。著書に『キャラメル工場から』『樹影』『時に佇つ』など。本作は書き下ろしの単行本として1940年3月刊行。『佐多稲子全集』第3巻に所収。

相生へのアクセス　山陽新幹線相生駅下車。相生港へは車で約10分。

『風琴と魚の町』（156ページ）

あらすじ　14歳のまさこは、父と母の3人で長い汽車旅をしていた。車窓から見えた、日の丸旗のひらひらした海べの町におりると、父は、風琴（アコーディオン）を鳴らし薬を売り歩いた。薬は飛ぶように売れ、一家はこの町、尾道に住みつき、まさこは小学校に通いだした。誰の紹介か、父は一びん十銭の化粧水を仕入れてきた。「一びんつければ桜色」と、節をつけ風琴を鳴らすと、よく売れた。ある日、学校から帰ってくると、父が警察に連れて行かれたと母が泣いていた。まさこと母が警察に行くと、父は巡査にぶたれながら、風琴を鳴らし大きな声で歌っていた。

著者略歴　林芙美子（はやし・ふみこ　1903－1951）山口県生れ。著書に『放浪記』『清貧の書』『浮雲』など。本作は1931年4月、雑誌「改造」に発表。現在は新潮文庫『日本文学100年の名作第2巻　幸福の持参者』などに所収。

尾道へのアクセス　山陽新幹線新尾道駅、または山陽本線尾道駅下車。

『二十四の瞳』（162ページ）

あらすじ　女学校を出たばかりの大石先生は、岬の分教場で小学1年生の12人を教え子にもつことになり、片道8キロを自転車で通っていた。2学期、けがで休んでいる先生の家へと歩きだす12人。途方もない遠さに道ばたにしゃがみこむと、先生の乗ったバスが通りかかる。先生はみんなと記念写真を撮った。時が経ち、出征していく教え子たちに先生はその写真を餞別におくる。終戦の翌年、大石先生が13年ぶりに岬の村へ赴任すると、かつての教え子たちが歓迎会を開いてくれた。12人の教え子は7人になり、失明した磯吉は写真を指さす。「この写真は見えるんじゃ。な、ほら、真ん中のこれが先生じゃろ」。先生の頰を涙の筋が走った。

著者略歴　壺井栄（つぼい・さかえ　1899－1967）香川県生れ。著書に『大根の葉』『母のない子と子のない母と』など。本作は雑誌「ニューエイジ」に1952年2月号から11月号まで連載。現在は新潮文庫などに所収。

小豆島へのアクセス　予讃線高松駅下車、徒歩10分の高松港から土庄港まで高速艇で約30分。岬の分教場へは土庄港から車で約1時間。

『足摺岬』（168ページ）

あらすじ　死に場所にえらんだ足摺岬に来たものの、死に損ねた「私」が激しい雨の中、遍路宿に帰りついた時、海に身を投げたように濡れそぼっていた。しばらく高い熱にうかされ、宿のお内儀と娘の八重が湿布をとりかえ、薬売りは高価な丸薬をのませてくれた。薬を飲もうとしない私に、遍路は「生きることは辛いものじゃが、生きておる方がなんぼよいことか」とぽつんといい、薬売りは「そんな気兼ねをするで死にとうならあね」と声高に笑った。3年後、生活のめどがつき、八重を迎えて東京で夫婦として暮らすようになるが、戦争に追い立てられ、苦しい生活にたえらえず八重は死んでしまう。戦争が終わった翌年、私は八重の墓を訪れるためにふたたび足摺岬をたずねた。

著者略歴　田宮虎彦（たみや・とらひこ　1911－1988）東京都生れ。著書に『落城』『絵本』『愛のかたみ』など。本作は雑誌「人間」の1949年10月号に発表。現在は講談社文芸文庫などに所収。

足摺岬へのアクセス　土佐くろしお鉄道中村駅から車で約2時間。

『虹の岬』（174ページ）

あらすじ　歌人として知られ、昭和初期の経済界で活躍するもトップの座目前で住友を去った川田順が、歌会で出会った大学教授夫人の祥子と恋に落ちる。離婚を認めなかった祥子の夫が判を押した矢先、川田は自殺を図るが失敗に終わる。回復した川田は祥子と結婚、京都を離れる。国府津には2人が隠れ住む恰好の離れがある。自殺は新聞発表され、まだ人目を忍ぶ必要があった。苦しい生活の中、川田は新聞社や雑誌社に詩文を売り込む。最初は相手にされないが、文化部の記者のすすめもあって戯曲を書き、ついには歌舞伎座で演じられるようになる。

著者略歴　辻井喬（つじい・たかし　1927－2013）セゾングループ創業者、堤清二の筆名。東京都生れ。著書に『異邦人』『父の肖像』『鷲がいて』（詩集）など。本作は「中央公論文芸特集」1993年春季号から1994年春季号に連載。現在は中公文庫に所収。

真鶴岬・国府津へのアクセス　東海道本線真鶴駅から車で約10分。国府津へは東海道本線国府津駅下車。

『管弦祭』（180ページ）

あらすじ　広島の材木商の家に生まれた有紀子は、16歳で被爆。父はすでにおらず、母のセキは、ひとりで3人の子を育てあげた。30年後、母の死を迎える。人々が語り始めた平穏だった広島の思い出、突然の惨事、それぞれの戦後。最終章は母が亡くなって2度目の夏。有紀子は、かつて家族で楽しんだ管弦祭を見ている。そしてこの世に生をうけた者。誰一人として逃れられない死が自分にも訪れることを、切実に思うのだった。

著者略歴　竹西寛子（たけにし・ひろこ　1929－）広島県生れ。女学生のとき自宅で被爆。著書に『往還の記』『兵隊宿』『贈答のうた』など。本作は雑誌「新潮」1951年12月号に発表。現在は講談社文芸文庫に所収。管絃祭は厳島神社の御神体が御座船で近くの末社を巡る船神事。毎年、旧暦6月17日の夕刻から深夜まで催される。

厳島（宮島）へのアクセス　山陽本線宮島口駅下車。徒歩すぐの港から出るフェリーで宮島へ。

『霧笛』（186ページ）

あらすじ　明治開化期の横浜居留地で、千代吉は酒と喧嘩に明け暮れる。ある日、千代吉はイギリス人から財布を抜き取る。このイギリス人は六尺近い大男で、クウパーという荷物船の船長だった。クウパーは千代吉を下僕として置く。千代吉は、恐ろしく堂々とした威厳を見せるクウパーを憎みながらも好きだった。酒場で出会ったお花に強く惹きつけられる千代吉。贅沢な暮し、無数の宝石がはめられた腕環。お花に金を出しているのは、クウパーだと知った千代吉はクウパーに食って掛かる。間に入るお花、クウパーは負けを認めて立ち去る。そして、千代吉は拳銃の筒口をお花に向けた。

著者略歴　大佛次郎（おさらぎ・じろう　1897－1973）神奈川県生れ。著書に『鞍馬天狗』シリーズや『帰郷』『天皇の世紀』など。本作は「朝日新聞」夕刊に1933年7月から9月まで連載。現在は「大仏次郎セレクション」（未知谷）に所収。

横浜・山下公園界隈へのアクセス　みなとみらい線元町・中華街駅下車。横浜港を見下ろす山手の高台に建つ大佛次郎記念館へは、元町・中華街駅から徒歩約10分。

『蒼氓』（192ページ）

あらすじ　孫市は姉のお夏と友人の門馬勝治を形だけの夫婦にした。移民の条件に満50歳以下の夫婦及びその家族にして満12歳以上の者とあるからだ。孫市一家ほか移民に合格した953人は、神戸港にある国立海外移民収容所で一週間過ごし、ブラジル語講習や予防注射などを受けた。お夏は移民を決意した後、堀川から結婚の申し込みを受けるが、結婚すれば家族構成が崩れる。弟に言わず、堀川には返事をしないまま収容所に来た。お夏の物静かな様子から苦しみを察した孫市は泣きながら詫びた。収容生活8日目、孫市ら移民は大汽船に乗り込み、ブラジルへ出航した（第1部まで）。

著者略歴　石川達三（いしかわ・たつぞう　1905-1985）秋田県生れ。著書に『生きてゐる兵隊』『青春の蹉跌』『金環蝕』など。本作は1935年4月、雑誌「星座」創刊号に発表。同年、第1回の芥川賞受賞。その後、2部、3部が書き続けられて、1939年に3部作として刊行された。現在は秋田魁新報社から刊行。

神戸へのアクセス　山陽新幹線新神戸駅下車。旧国立移民収容所（現海外移住と文化の交流センター）は車で約10分。

『三四郎』（200ページ）

あらすじ　熊本の高等学校を卒業し、東京の大学に入学した小川三四郎は、先輩の野々宮をたずねた帰り、大学の池のほとりで美禰子と出会う。その後も偶然のように数度会ううちに親しくなっていた。冬になり、美禰子が結婚することを三四郎は知る。借りた金を返しに美禰子を訪ね、結婚のことを聞く。すると、聞き取れないぐらいの声で、「我はわが咎を知る。わが罪は常にわが前にあり」とつぶやく。美禰子をモデルにした原口画伯の絵が展覧会に出典された。そこには「森の女」という題がつけられていたが、三四郎は題が悪いと言う。なんとすればよいんだ、という与次郎に、三四郎は迷羊（ストレイシープ）と、口の中で繰り返す。

著者略歴　夏目漱石（なつめ・そうせき　1867-1916）江戸生れ。著書に『吾輩は猫である』『それから』『こゝろ』など。本作は1908年9月から12月まで「朝日新聞」に連載。現在は岩波文庫などに所収。

三四郎池へのアクセス　三四郎池は東京大学構内にあり、正式名称は育徳園心字池。東京メトロ丸ノ内線本郷三丁目駅から徒歩約10分。

『雁』（206ページ）

あらすじ　元士族の娘お玉は、現在は囲われの身。家の前の無縁坂を散歩する東京大学の学生、岡田に、窓からお玉が微笑むと、岡田は帽子を取って会釈するようになった。ある日、お玉の旦那に泊まりの用事ができた。思い切って岡田に声を掛けようと、お玉は家から通りに出る。ところがいつもは1人の岡田が、その日に限って友だちといっしょにいた。岡田たちは不忍池で石を投げて殺してしまった雁を外套に隠し、お玉の前を通りすぎる。岡田の顔はひとしお赤く染まったが、帽子のひさしに手を掛けただけ。お玉の顔は石のように凝っていた。翌日、岡田は留学先のドイツに旅発つ。

著者略歴　森鷗外（もり・おうがい　1862-1922）山口県生れ。著書に『舞姫』『山椒大夫』『渋江抽斎』など。本作は1911年9月から1913年5月にかけて雑誌「スバル」に断続的に連載。ただし最後の3章は書き下ろし。現在は岩波文庫などに所収。

無縁坂へのアクセス　東京メトロ丸ノ内線本郷三丁目駅から徒歩約10分、東京大学鉄門（医学部附属病院そば）から池之端へ続く坂道が無縁坂。

『たけくらべ』（212ページ）

あらすじ　美登利は、廓で全盛の華魁・大巻を姉にもつ美しい娘。運動会の日、つまづいた龍華寺の息子、信如に美登利がはんけちを差し出すと、友達がはやしたてた。以来、信如は美登利の名を聞くのも恐ろしい。雨の日、信如は美登利の家の前で下駄の鼻緒を切る。美登利が鼻緒のすげかえに友仙ちりめんの切れ端を格子から投げるが、信如は無言のまま見ようとしない。大鳥神社の酉の日、美登利は髪を嶋田に結った。「よく似合う」とほめる正太に「私は厭でしようがない」と俯向く。美登利は友達と遊ばず、生れ変ったような身の振舞になった。ある朝、造花の水仙が格子門の外から差し入れられていた。誰の仕業かわからないが、美登利は懐かしくなる。その日は、信如が僧侶の学校に入った日だった。

著者略歴　樋口一葉（ひぐち・いちよう　1872-1896）東京都生れ。著作に『大つごもり』『にごりえ』『十三夜』など。本作は1895年1月から1896年1月まで雑誌「文學界」に発表。現在は新潮文庫などに所収。

吉原へのアクセス　東京メトロ日比谷線三ノ輪駅から徒歩約10分。浄閑寺は三ノ輪駅から徒歩約3分。

『濹東綺譚』（218ページ）

あらすじ　作家の大江匡は、物語の結末を考え、玉の井を歩いていた。雨粒が落ちて傘を広げると、いきなり女が入ってきた。女の名はお雪、26歳だった。向島の私娼窟、玉の井でもこの辺りは大正開拓期の盛時を想起させ、島田か丸髷しか結わないお雪の姿も感覚を刺戟する。毎日のように通ったある日、借金を返したら、おかみさんにしてくれないかと言ってきた。お雪は世から見捨てられた一老作家の草稿を完成させたミューズであり不思議な激励者だった。9月の十五夜に、お雪が入院していることを知った。病が何であるか知る由もない。お雪とは互いに本名も知らない。ひとたび別れてしまえば、生涯会う機会も手段もない間柄だからだ。

著者略歴　永井荷風（ながい・かふう　1879－1959）東京都生れ。著書に『あめりか物語』『ふらんす物語』『腕くらべ』など。文化勲章受章。本作は1937年4月から6月まで東京と大阪の「朝日新聞」夕刊に連載。現在は岩波文庫などに所収。

玉の井へのアクセス　東武鉄道伊勢崎線東向島駅下車。駅の東側がかつての玉の井。

『女坂』（224ページ）

あらすじ　白川倫が30歳になったばかりの時だった。夫から妾の世話を頼まれ、自分がこの役目を断れば夫の行友は勝手に女をうちへ引き入れると思い、15歳の須賀を連れて帰った。その3年後、女中として新しく来た由美に手をつけ妾にした。そしてあろうことか、息子の後妻に入って来た美夜までも。御殿山に近い、広い家の中で、夫は専制君主のように振舞う。倫は時々思い出す。夫より一干支下だということを。自分の命は夫に勝たなければならない。それまでの辛抱なのだと。しかし倫は夫より先に病に倒れる。倫の遺言状と臨終間際のせりふは、行友に強い衝撃を与えた。

著者略歴　円地文子（えんち・ふみこ　1905－1986）著書に『ひもじい月日』『なまみこ物語』『朱を奪うもの』など。『源氏物語』の現代語完訳も手がける。文化勲章受章。本作は1949年11月に「小説山脈」に最初の章を発表。以降、「小説新潮」「別冊小説新潮」で断続的に発表を続け、1957年1月に完結。現在は『円地文子全集』第6巻所収。

品川へのアクセス　東海道新幹線品川駅下車。

『細雪』（230ページ）

あらすじ　鶴子、幸子、雪子、妙子は大阪船場の旧家・蒔岡家の四姉妹。鶴子は銀行員の夫が丸の内支店長に栄転となり東京へ移住。幸子は税理士の夫と娘と芦屋の家に住み、2人の妹を案じている。雪子は仏蘭西語の稽古など西洋趣味を持つが、内気ではにかみや。降るほど縁談があるもまとまらず、30歳を過ぎた。妙子は陽気な性質であるが、20歳の時に駆落ちで新聞沙汰になる。また人形作家として個展も開く一方、洋裁学院にも通う。洪水の時に命を救ってくれた写真師の板倉との結婚を妙子が望む矢先に、板倉が急死。途方に暮れるなか、バーテンの三好と出会い妊娠するが死産だった。そして雪子はようやく、子爵の子息との縁談がまとまる。2人の妹を思い、幸子は物思いにふける。

著者略歴　谷崎潤一郎（たにざき・じゅんいちろう　1886－1965）東京都生れ。著書に『刺青』『痴人の愛』『春琴抄』など。文化勲章受章。本作は1943年1月号から「中央公論」で連載、戦争による中断を経て、1948年10月号で完結。現在は新潮文庫などに所収。

芦屋へのアクセス　東海道本線芦屋駅下車。

『金色夜叉』（236ページ）

あらすじ　両親を亡くした貫一は、15歳で鳴沢家に引き取られた。鳴沢は貫一を学士にし、娘・お宮の婿にしようと考える。学問に励む貫一だったが、鳴沢は、お宮を300円のダイヤの指輪が自慢の銀行家の御曹司・富山の嫁にやると言い出す。熱海の海岸で、お宮の心変わりをなじる貫一。失望と遺恨から貫一は学業をなげうち、高利貸・鰐淵の手代として闇金を生業とし高利を貪る。富山と結婚するものの、愛情を持てず空しい日々を送るお宮と貫一は偶然に再会するが、その後、貫一は恨みをもつ2人組に襲われ入院する。

著者略歴　尾崎紅葉（おざき・こうよう　1867－1903）。江戸生れ。著書に『二人比丘尼色懺悔』『二人女房』『多情多恨』など。本作は1897年1月から「読売新聞」に連載開始。「続」「続々」と書き続けられ1902年5月に未完のまま終結。現在は岩波文庫などに所収。

熱海へのアクセス　東海道新幹線熱海駅下車。「お宮の松」と「貫一お宮の像」が並ぶ海岸「熱海サンビーチ」には徒歩またはバスで。

『性に目覚める頃』（242ページ）

あらすじ　17歳の「私」は、70歳近い父といっしょに寺の奥の院で暮していた。私は記帳場の戸板の節穴から、寺参りに来る娘を見ていた。娘はほとんど毎日やって来ては、賽銭を盗んでガマ口におさめる。そうした娘の行為を見たあとは、いつも性慾的な興奮と発作が頭に重なりあった。友人の表（おもて）は同じ17歳で、詩作を通じて知り合い、すぐ仲よしになったが、肺をやられている。表は日に日に瘠せ衰え、やがて死んだ。表は掛茶屋のお玉と深い交際をしていた。お玉は蒼い水気をふくんだ顔をし、このごろ変な咳をするという。しばらくしてお玉をたずねると、加減をわるくして寝ているという。私はぎっくりした。

著者略歴　室生犀星（むろう・さいせい　1889－1962）石川県生れ。著書に『杏っ子』『あにいもうと』『抒情小曲集』（詩集）など。本作は1919年10月に雑誌「中央公論」に発表。現在は新潮社から電子書籍が出ている。

金沢へのアクセス　北陸新幹線金沢駅下車。犀川のほとりにある雨宝院へは、金沢駅からバスで。

『花の生涯』（248ページ）

あらすじ　井伊直弼は、14番目の末子として生れた。出世の望みはないとわが身を埋木に擬し、住居も埋木舎と称していたが、世子・直元、藩主・直亮の死が続き、彦根35万石の藩主に、やがて幕府の大老となる。国学好きの浪人・長野主膳は、とぎ澄まされた叡智から藩校弘道館の学頭に登用され、京の内情を密偵するなど直弼の重臣となる。一方、花をあざむくばかりの美しさをもつ廓の三味線師匠・たか女は、直弼と主膳を慕いながらも金閣寺の寺侍・多田の妻となり、間者として直弼と主膳を助ける。そして直弼は、開国の推進、安政の大獄を断行する。

著者略歴　舟橋聖一（ふなばし・せいいち　1904－1976）東京都生れ。著書に『新・忠臣蔵』『好きな女の胸飾り』『白の波間』など。本作は1952年7月から1953年8月まで「毎日新聞」夕刊に連載。現在は祥伝社文庫に所収。

彦根へのアクセス　東海道本線彦根駅下車。彦根城へは徒歩で約20分

『おはん』（254ページ）

あらすじ　「私」は、古手（古着）屋をしているが、小遣い銭にも事欠き、一つ年上の芸者、おかよに食わしてもらっている。女房のおはんとは7年前に別れたが、去年の盆間近の晩に出会い、再び情を交すようになってしまう。別れた時におはんが宿していた子どもは悟といい、この春から学校へ行っている。子どもに「お父はん」と呼ばれたい。私はもう一度、おはんと悟を育てる決心をする。しかし今日から親子3人枕を並べて寝るという日に、悟は川に落ちて死んでしまう。四十九日が済むとおはんは、この私ほど仕合せのよいものはない。あの人のことを、私の分までいとしがっておあげなされて下さい、と手紙を残してどこかへ去った。

著者略歴　宇野千代（うの・ちよ　1897-1996）山口県生れ。著書に『色ざんげ』『生きていく私』など。本作は1947年12月から1949年7月まで「文體」に掲載。「文體」廃刊後に「中央公論」1950年6月号から再掲載、1957年5月号で完結。現在は新潮文庫などに所収。

岩国へのアクセス　山陽新幹線新岩国駅下車。

『或る「小倉日記」伝』（260ページ）

あらすじ　田上耕作は、森鷗外の「小倉日記」の空白を埋めることを、全身で打ち込む一生の仕事と決め、鷗外の事跡を探求する。しかし40年前に鷗外が小倉に住んでいたと知る者は稀で、交友のあった多くの者は死んでいた。田上は発音が不明瞭で、遺族に来意を告げるがわかってもらえない。そんなことをして何になると言い捨てられもした。髪の毛をむしるほどの絶望が襲う日々。ところが続けていくうちに、鷗外の実弟から「兄の事を書くにあたって、ご高教を仰ぎたい」と手紙が届く。田上の仕事が新聞に紹介され、関係者から次々に連絡が入る。資料は嵩を増す一方。しかし終戦後、田上の病状はいっそう悪化する。そして昭和25年の暮れ、田上は「小倉日記」原本発見の直前に息を引き取った。

著者略歴　松本清張（まつもと・せいちょう　1909-1992）福岡県生れ。著書に『点と線』『砂の器』『昭和史発掘』など。本作は「三田文学」1952年9月号に発表、翌年、芥川賞受賞。現在は新潮文庫などに所収。

小倉へのアクセス　山陽新幹線小倉駅下車。駅から徒歩20分の小倉城の城内に、松本清張記念館がある。

『薪能』（268ページ）

あらすじ　昌子は25歳で嫁すまでの12年間、いとこの俊太郎と寝食をともにしていた。祖父は日本橋で3代続いた毛織物の輸入商で、稲村ケ崎の広大な邸には、能楽堂があり、祖父や多くの人が舞った。それも終戦後に没落し、俊太郎に能楽堂だけ残された。大学助教授の夫は、結婚から5年で公然と女と外泊するようになった。嫉妬の感情はわいてこないが、はじめて俊太郎への気持ちをはっきり言いきれる勇気ができた。夫を裏切ったことは一度もなかったが、俊太郎に帯をとかれてもあらがう気持ちはなかった。鎌倉薪能が催される日、2人は睡眠薬をわけて飲む。そして、能楽堂にはいり、舞台にのべた布団に横になった。

著者略歴　立原正秋（たちはら・まさあき　1926－1980）現在の韓国慶尚北道生れ。1966年『白い罌粟』で直木賞受賞。著書に『剣ヶ崎』『冬の旅』『残りの雪』など。本作は雑誌「新潮」1964年5月号に発表。『立原正秋全集』第2巻に所収。

鎌倉へのアクセス　横須賀線鎌倉駅下車。

『豊饒の海』（274ページ）

あらすじ　大正初期、清顕は学習院高等科に通う侯爵の嫡子。幼なじみの伯爵令嬢聡子に激しい恋心を抱く。聡子の心も清顕にあったが、治典王殿下との婚約が決まってしまう。2人は親友の本多の協力を得、人目を忍び逢瀬を重ねる。清顕の子を宿した聡子は堕胎し月修寺で出家、清顕は肺炎で亡くなる。38歳になった本多は、清顕と同じ左脇腹に3つの黒子をもつ勲に会う。その後も本多は47歳のときに月光姫、76歳で透、と清顕の生まれ変わりの2人に会う。勲も月光姫も、清顕と同じ20歳で死んでいた。転生について書かれた清顕の夢日記を読んだ透は、服毒し自殺を図る。命は取止められたが完全に失明、21歳に達してなお生き続けていた。

著者略歴　三島由紀夫（みしま・ゆきお　1925－1970）東京都生れ。著書に『仮面の告白』『金閣寺』『潮騒』など。本作は1965年9月から1970年11月まで雑誌「新潮」に連載。『決定版　三島由紀夫全集』第13・14巻に所収。

奈良へのアクセス　奈良線奈良駅下車。月修寺のモデルといわれる円照寺（非公開）へは桜井線帯解駅から車で約5分。

著者紹介

中西 進（なかにし・すすむ）

一般社団法人日本学基金理事長。文学博士、文化功労者、平成25年度文化勲章受章。

日本文化、精神史の研究・評論活動で知られる。日本学士院賞、菊池寛賞、大仏次郎賞、読売文学賞、和辻哲郎文化賞ほか受賞多数。著書に『日本人の忘れもの』①〜③『万葉を旅する』（ともにウェッジ）、『こころの日本文化史』（岩波書店）、『中西進と歩く百人一首の京都』（京都新聞出版センター）、『辞世のことば』（中公新書）、『ひらがなでよめばわかる日本語』（新潮文庫）、『万葉集 全訳注原文付』（全5巻／講談社文庫）、『万葉の秀歌』『日本神話の世界』（ともにちくま学芸文庫）ほか多数

文学の胎盤

中西進がさぐる名作小説42の原風景

2016年10月20日　第1刷発行

著者　中西 進
発行者　山本雅弘
発行所　株式会社ウェッジ
〒101-0052　東京都千代田区神田小川町1-3-1
NBF小川町ビルディング3F
TEL 03-5280-0526（編集）
TEL 03-5280-0528（営業）
http://www.wedge.co.jp
振替　00160-2-410636

写真　林 義勝
装丁　畑中 猛（Basic）
DTP組版　株式会社リリーフ・システムズ
印刷・製本所　図書印刷株式会社